학교에서는 가르쳐 주지 않는

10대들을 위한

인생수업

학교에서는 가르쳐 주지 않는

10대들을 위한 인생수업

이 빙 지음 / 김락준 옮김

청어람

인생의 목표를 세워라

사람의 인생은 엄마 뱃속에서 태어나는 순간부터 시작된다. 사람들은 저마다 자신의 인생 신조가 담긴 가방을 메고 머나먼 인생 여행을 떠나는데, 생활신조가 다르기 때문에 지나는 길의 입구와 출구도 모두 다르다. 이때 자신감을 미처 챙기지 못하면 여행 중에 수많은 길을 돌아갈 것이고 부지런함을 빼놓고 오면 중도에 실패의 충격을 받을 것이다. 또한 우정을 두고 나오면 여행길이 무척 외로울 것이고 건강을 두고 나오면 여행 중에 통증의 괴로움에 시달릴 것이다.

자라나는 청소년들은 학교와 사회의 격차, 사회의 요란함과 동요, 일상생활에서의 유혹과 어려움 속에서 종종 무엇을 선택하고 포기해야 할지 몰라 방황한다. 이렇듯 복잡한 사회에서 청소년들이 불필요한 실패를 겪지 않게 해 줄 실질적

인 이치와 방법들에는 무엇이 있을까? 인생의 여행을 떠날 때 꼭 갖춰야 할 의지, 자신감, 학습, 부지런함, 지혜, 우정, 사랑, 수양, 생활과 행복에 이르는 100가지 인생 신조들을 알아보자!

1. 의지의 신조 – 인생의 목표가 미래의 내 모습을 결정한다.

의지가 강하지 못한 사람은 지혜를 이루지 못한다. 청소년은 원대한 목표와 의지로 자신을 철두철미하게 무장해야 한다.

2. 자신감의 신조 – 반드시 자신을 믿어라. 이것이 바로 성공의 비결이다.

자신감은 어느 누구도 빼앗아 갈 수 없는 인류의 가장 큰 재산이다. 미래 사회의 기둥으로서 청소년은 충만한 자신감과 강철 같은 의지로 목표를 달성하도록 노력해야 한다.

3. 학습의 신조 – 인생의 주된 임무는 바로 자신을 만드는 것이다.

오늘날은 평생 배워야 하는 시대이다. 청소년은 전진하는 마음으로 평생 배워야 한다.

4. 부지런함의 신조 – 성공은 우리에게 오지 않는다. 우리가 성공을 향해 가야 한다.

성공하기 위해서는 자신이 나아가야 할 방향을 아는 것에서 그치지 않고 행동으로 옮겨야 한다. 행동을 해야 결과를 맺을 수 있고, 이때 어떤 행동을 하느냐에 따라 결과도 달라진다.

5. 지혜의 신조 – 지혜는 생각에서 나오고 깊은 생각은 지혜를 낳는다.

지혜는 인생의 재산이다. 지혜로운 사람이야말로 진정한 사람으로 청소년은 책과 실질적인 행동을 통해 끊임없이 지혜를 쌓아야 한다.

6. 우정의 신조 – 친구는 자기 자신에게 주는 선물이다.

살다 보면 순경(順境)과 역경(逆境), 즐거움과 슬픔, 성공과 실패를 겪기 마련이다. 이때 당신과 함께 성공의 기쁨과 실패의 슬픔을 나눠 줄 수 있는 사람, 그가 바로 친구이다.

7. 사랑의 신조 – 살면서 가장 행복한 일은 누군가의 사랑을 받는 것이다.

헌신할 줄 모르는 사람은 여러 사람과 잘 어울릴 수 없고, 사랑할 줄 모르는 사람은 좋은 결과를 맺을 수 없다. 여러 사람 가운데에서 뛰어나고 싶으면 먼저 베풀어야 한다.

8. 수양의 신조 – 예의를 갖추는 것은 돈을 쓰는 것이 아니라 모든 것을 얻는 것이다.

사회에는 많은 유혹 거리가 있다. 청소년은 타인에게 해가 되지 않고 사회에 이롭도록 고귀한 도덕적인 성품을 쌓고 자아 관리, 수양을 해야 한다.

9. 생활의 신조 – 인생은 흰 도화지에 자신의 이야기를 써 내려가는 것이다.

생활은 일종의 태도요, 습관이다. 습관은 성격을 바꾸고 성격은 미래를 만든다. 청소년은 자신에게 엄격해져 좋은 생활 태도와 습관을 길러야 한다.

10. 행복의 신조 – 당신이 행복해 하는 만큼 행복해진다.

행복은 생활의 곳곳에 존재한다. 국가와 사회와 가정을 위해 열심히 학습하면 행복해질 수 있고 국가와 사회와 가정을 사랑하면 행복을 누릴 수가 있다. 생명의 시작과 끝을 연결할 수 있는 사람은 가장 행복한 사람이다. 청소년은 끊임없이 행복을 추구해야 한다.

자신의 인생길은 스스로 개척해야 한다. 물론 인생 보따리도 스스로 짊어져야 한다. 지금부터 철학 이야기 속에 녹아 있는 인생의 신조, 지식, 신념, 지혜, 에너지를 느끼며 힘차게 성공의 길로 나아가자!

2005년 7월 편집자

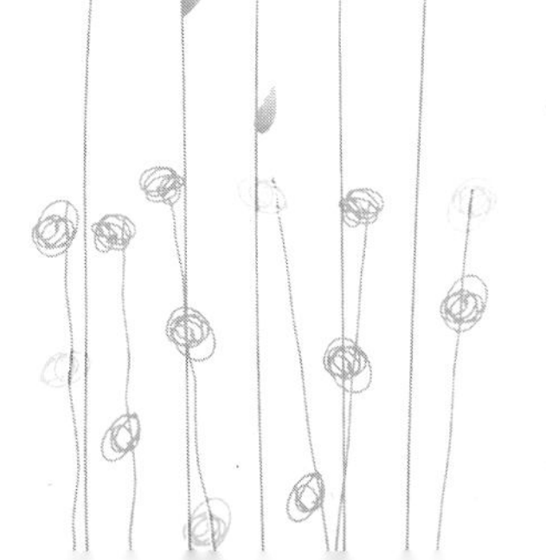

| 목 차 |

학습의 신조

인생의 주된 임무는 바로 자신을 만드는 것이다

부지런함의 신조

성공은 우리에게 오지 않는다. 우리가 성공을 향해 가야 한다

지혜의 신조

지혜는 생각에서 나오고 깊은 생각은 지혜를 낳는다

우정의 신조

친구는 자기 자신에게 주는 선물이다

사랑의 신조

삶면서 가장 행복한 일은 누군가의 사랑을 받는 것이다

수양의 신조

예의를 갖추는 것은 돈을 쓰는 것이 아니라 모든 것을 얻는 것이다

생활의 신조

인생은 흰 도화지에 자신의 이야기를 써 내려가는 것이다

행복의 신조

당신이 행복해 하는 만큼 행복해진다

의지의 신조

인생의 목표가 미래의 내 모습을 결정한다

뜻을 세우는 것은 매우 중요한 일이다.
일은 뜻을 세운 대로 풀리고 성공은 일을 하는 가운데 온다.
뜻, 일, 성공은 인류 활동의 세 가지 요소다.
뜻을 세우는 것은 사업의 대문과 같고
일을 하는 것은 대문 안으로 들어서는 여행과도 같다.
이 여행의 끝에는 당신의 노력의 성과를 축하해 줄 성공이 기다리고 있다.

| 파스퇴르(Louis Pasteur, 프랑스의 화학자이자 미생물학자로 발효와 부패에 관한 연구를 했다-옮긴이)

1 인생의 목표를 세워라

| 뚜렷한 목표 없이 인생을 사는 것은 나침반 없이 항해를 하는 것과 같다 |

627년, 중국 당태종 정관년 시절, 장안성의 서비 마을에는 말과 당나귀가 일하는 방앗간이 있었다. 그들은 세상에서 둘도 없이 좋은 친구 사이로 말이 마을 곳곳에서 곡식을 실어 오면 당나귀는 부지런히 맷돌을 돌리며 곡식을 빻았다. 그러던 어느 날, 말은 불경 공부를 하러 서역으로 떠나는 현장법사를 따라 불현듯 먼 길에 오르게 되었다.

17년 후, 말은 불경을 싣고 다시 장안으로 돌아왔다. 그러고는 방앗간에서 함께 일하던 옛 친구를 찾아가 그간의 여행담을 들려주었다. 끝없이 펼쳐진 사막과 하늘에 닿을 듯 높이 솟은 험준한 고개, 새하얀 설원, 넘실대는 바다의 파도…… 마치 신화 속 풍경 같은 이야기에 당나귀는 절로 감탄이 나왔다. 당나귀가 부러운 듯 말했다.

"정말 많은 걸 보고 배우고 왔구나. 나라면 그렇게 먼 곳까지 여행을 다녀오지 못했을 거야."

그러자 말이 말했다.

"사실, 17년간 내가 여행한 거리와 네가 맷돌을 돌린 거리는 비슷해. 내가 서쪽으로 한 걸음 한 걸음씩 내디딜 때마다 너도 쉬지 않고 맷돌을 돌렸을 테니까. 다만 다른 점이 있다면 난 현장법사님과 함께 서역으로 떠날 때 큰 목표가 있었어. 그래서 결국 광활한 세상을 만날 수 있었지. 하지만 넌 눈이 가려진 채 계속 제자리에서 맷돌만 돌렸잖아. 그러니 평생 이 좁은 방앗간에서 벗어날 수 없었던 거야."

우리는 이 짧은 우화로부터 인생의 본질을 발견할 수 있다. 한 연구 결과에 따르면, 극소수의 천재와 바보를 제외한 대다수 사람들의 지능은 서로 비슷하다고 한다. 하지만 그들이 인생을 사는 모습은 어떠한가? 누군가는 유능한 사람이 되어 활기찬 삶을 사는가 하면 또 누군가는 별다른 성과 없이 무의미한 삶을 살아간다. 그렇다면 비슷한 지능을 가진 사람들이 왜 이렇게 천차만별의 삶을 사는 것일까? 우리는 카네기가 실시했던 조사 결과에 주목할 필요가 있다.

과거, 카네기는 전 세계 서로 다른 민족, 연령, 성별의 사람들을 대상으로 인생의 목표를 조사했다. 그 결과, 단 3%의 사람들만이 구체적인 인생 목표가 있고, 또 그것을 어떻게 실현해야 할지 알고 있었다. 하지만 나머지 97%의 사람들은 아예 인생 목표가 없거나 있어도 명확하지 않고, 구체적인 실현 방법을 몰랐다. 그로부터 10년 후, 카네기는 그들을 대상으로 한 차례 조사를 더 진행했는데 매우 놀라운 결과를 얻었다. 과거 97%를 차지했던 사람들은 일상생활은 물론이거니와 직장에서도 별다른 성과 없이 예전처럼 지극히 평범하게 살고 있었다. 그들에게 변화라고는 고작 열 살 많아진 나이가 전부였다. 하지만 3%에 속했던 사람들은 달랐다. 그들은 자신의 영역에서 놀라운 업적을 기록하며 10년 전의 목표를 어느 정도 달성하고 지금도 목표를 향해 매진 중이었다.

이 조사 결과가 우리에게 알려 주는 바는 매우 크다. 위대한 인물과 평범한 사람의 근본적인 차이는 재능도 운도 아닌 인생의 목표가 있느냐, 없느냐에 달려 있다. 다시 말과 당나귀의 이야기로 돌아가 보자. 말이 쉬지 않고 서쪽으로 나아갈 때 당나귀는 그저 맷돌을 따라 그 주변을 맴돌기만 했다. 당나귀도 말만큼이나 많이 걸었지만 인생의 목표가 없었기에 평생 방앗간 너머의 세상을 구경할 수 없었다. 인생도 마찬가지다. 목표가 없는 사람들에게 세월의 흐름은 그저 나이를 한두 살 더 먹으며 같은 삶을 반복하는 것일 뿐이다.

자신의 모습이 너무나 평범하다고 불만을 표하는 사람들이 있다. 또 인생이 재미없다고 푸념하는 사람들도 있다. 하지만 나 자신을 위한 인생의 목표를 세우고, 꾸준히 목표를 향해 나아간다면 인생의 새로운 장을 맞이할 수 있을 것이다.

명언 한마디

신조가 없는 것은 품행과 생명이 없는 것과 같고, 나라에 국토가 없는 것과 같다.

– 휘트먼(Walt Whitman, 19세기 미국의 시인–옮긴이)

2 두 마리 치타의 선택

큰 계획을 세울 때는 신중하게 생각해야만 한다!

치타 두 마리가 함께 먹잇감을 찾아 사냥에 나섰다.

제일 먼저 그들 눈에 띈 것은 영양 한 마리였다. 두 마리의 치타는 영양을 잡기 위해 협공을 펼치기로 했다. 하지만 이를 먼저 눈치 챈 영양이 사력을 다해 빨리 도망쳤고, 치타들은 아무리 달려도 도저히 그 영양을 따라잡을 수가 없었다. 그런데 이때 한 치타가 저 멀리서 통통하게 살이 오른 들소 한 마리가 한가롭게 노니는 모습을 발견했다. 그는 잡히지도 않는 영양의 꽁무니를 계속 쫓느니 차라리 그 들소를 사냥하는 편이 낫겠다는 생각이 들었다. 그가 말했다.

"저기 좀 봐! 들소가 있어. 저 들소만 잡으면 한동안 식량 걱정은 안 해도 될 거야."

그러자 다른 한 마리의 치타가 그를 말리며 말했다.

"우리가 저 영양을 쫓은 지 꽤 됐으니 틀림없이 영양도 많이 지쳤을 거야. 거의 잡힌 거나 마찬가지니까 조금만 더 힘내 보자."

하지만 새롭게 들소에 눈독을 들인 치타는 그 말을 무시하고 홀로 들소 사냥에 나섰다.

잠시 후, 영양을 쫓던 치타는 마침내 영양을 잡는 데 성공했다. 힘들게 잡아서인지 그 어느 때보다도 맛이 더 훌륭했다. 하지만 들소를 쫓으러 간 치타는 주린 배를 안고 힘없이 돌아오고야 말았다. 애당초 치타에게는 화가 난 들소를 상대할 만한 힘이 없었던 것이다. 그러자 영양을 쫓았던 치타가 말했다.

"들소 덩치가 얼마나 큰데. 우리가 상대할 대상이 못 된단 말이야. 행여 잡았다 한들 우리가 그 벅찬 들소를 무슨 수로 당해 내겠니? 내가 뭐랬어. 내 말 들었으면 지금쯤 배불러 있을 것 아니야."

함께 사냥에 나선 두 마리의 치타. 한 마리는 영양을 끝까지 쫓은 끝에 마침내 맛있는 식사를 할 수 있었고, 중도에 포기한 채 들소를 쫓으러 간 치타는 결국 쫄쫄 굶어야만 했다.

인생에는 우리가 추구해야 할 가치 있는 것들이 많이 있다. 위대한 이상, 달콤한 사랑, 사업의 성공……. 하지만 그 모든 것들을 추구하기란 결코 쉽지 않다. 많은 시간을 들여 노력해야 하고 때때로 어려움에 부딪치면서 시행착오도 겪기 때문이다. 하지만 그런 시련을 겪을 때일수록 더욱더 노력하는 자세가 필요하다. 의지가 약하고 너무 높은 이상만 추구하면 그간의 모든 노력도 수포로 돌아가고 말 것이다.

이 이야기가 우리에게 주는 가르침은 무엇일까?

먼저 비현실적인 이상을 추구하지 말고 현 위치에서 자신이 할 수 있는 적당한 목표를 세우라는 것이다.

그리고 일단 실현 가능한 목표를 세웠으면, 중도에 쉽게 포기하지 말고 끝까지 밀고 나가라는 것이다. 이야기 속의 치타처럼 영양을 쫓느라 모든 힘을 소진한 상태에서는 들소를 잡았다 해도 맞서 싸울 힘이 없기 때문에 다시 놓칠 수밖에 없다.

과연 나의 현 위치는 어디일까? 인생의 목표는 현실적일까? 혹시 비현실적인 목표를 추구하기 위해서 원래의 목표를 너무 쉽게 버리진 않았을까? 그래서 두 마리 토끼를 모두 잃은 적은 없을까?

앞으로 실질적인 목표를 내 인생의 등대로 삼자. 불굴의 의지로 등대 불빛을 따라 인생을 항해하다 보면 언젠가 승리의 연안에 닿을 수 있을 것이다.

명언 한마디

100리를 가려는 사람은 90리를 반으로 잡는다.
– 《전국책》

3 | 강아지의 생활 목표

| 고양이는 목숨이 아홉이다 |

사라와 크리스티라는 아이를 둔 젊은 부부가 있었다. 그들은 집에서 강아지를 키우기로 결심하고 예쁜 강아지 한 마리를 식구로 맞아들였다. 그리고는 강아지를 훈련시키기 위해 유능한 조련사 선생님 한 분을 초청했다. 훈련 첫날, 조련사가 물었다.

"이 강아지에게는 어떤 목표가 있죠?"

뜻밖의 질문에 당황한 부부는 난감한 듯 멀뚱히 서로의 얼굴만 쳐다보다 우물쭈물 대답했다.

"목표라니요? 강아지한테 무슨 목표가 필요하죠?"

그들은 대체 강아지에게 어떤 목표가 있어야 하는지 도무지 알 수가 없었다. 그러자 조련사가 고개를 저으며 진지하게 말했다.

"강아지에게도 저마나 하나씩의 목표가 있어야 해요."

부부는 상의 끝에 강아지에게 목표를 세워 주었다. 낮에는 아이들과 놀아 주고 밤에는 집을 지키는 것이 그것이다. 훗날, 강아지는 아이들의 절친한 친구이자 집을 지키는 수호신 역할을 톡톡히 해냈다. 이는 미국의 전 부통령 알 고어(Al Gore)와 그의 아내 티퍼의 이야기로 그들은 이 일로 깨달은 바가 컸다.

"강아지에게도 목표가 있어야 하는데 사람에게 목표가 없어서야 되겠는가?"

우리 주변에는 다른 사람의 목표를 마치 자신의 목표인 양 여기고 살아가는 사람들이 있다. 특히 이런 경향은 어린아이들에게서 두드러지게 나타난다. 물론 목표가 아무리 훌륭하다 해도 다른 사람의 목표가 자신의 것이 될 수는 없다. 하지만 그것이 성공적으로 내 마음에 뿌리를 내리고 싹을 틔운다면 얼마든지 나의 목표로 커 나갈 수 있다.

사람들은 시대의 흐름에 따라 자신의 목표를 세운다. 경제적인 이익의 창출을 중요시하는 시대에는 정신적인 충실함보다는 돈 버는 것을 목표로 세우는 사람들이 많다. 돈이 많다고 모든 것을 가졌다고 생각한다면 큰 오산이다. 돈이라는 것은 단지 생존하는 데 필요한 하나의 수단일 뿐이다. 보다 더 소중하게 생각해야 하는 것은 우리의 삶을 어떻게 더 의미 있게 꾸려 나갈까 하는 것이다. 잘 알다시피 우리가 돈으로도 살 수 없는 것이 있으며, 부자라고 꼭 행복한 것만은 아니다.

과학자들의 연구에 따르면, 자아실현이야말로 가장 행복하게 살 수 있는 길이라고 한다. 인생에 뚜렷한 목표가 있는 사람은 자신의 가치를 충분히 잘 알고 있다. 하지만 인생의 목표가 없는 사람이 자신의 가치를 알고 있을 리 만무하다.

아마 나무의 목표는 높은 빌딩의 기둥이 되거나 무수히 많은 종이가 되어 지식을 전달해 주는 것일지도 모른다. 마찬가지로, 우리도 확실한 목표를 세워야 한다. 이것이야말로 성공을 향해 첫걸음을 내딛는 길이다.

명언 한마디

사람에게 이상이 없는 것은 영혼이 없는 것이나 마찬가지다. 이상은 앞길을 훤히 밝혀 주는 등불로, 이상이 없다는 것은 나아갈 방향이 없다는 뜻이다.

– 톨스토이(Lev Nikolaevich Tolstoi, 러시아의 시인, 극작가-옮긴이)

4 | 어떻게 성공할까

| 인생에서 가장 중요한 것은 위대한 목표를 세우고, 그것을 실현하기로 결심하는 것이다 |

어느 해 하버드 대학에서는, 졸업을 앞둔 재학생 가운데 아이큐, 학력, 생활환경 조건이 서로 비슷한 학생들만을 대상으로 인생 목표에 관한 조사를 실시했다. 조사 결과, 27%의 학생들은 인생 목표가 없고 60%는 모호했으며, 10%에는 뚜렷한 단기 목표가 있고 3%에는 뚜렷한 장기 목표가 있었다.

25년 후, 하버드 대학은 같은 학생들을 대상으로 추적 조사를 벌였는데 그 결과는 다음과 같았다.

먼저 3%의 학생들은 25년간 자신의 목표를 향해 끊임없이 노력하여 사회 각층에서 두각을 나타내는 인물이 되었다. 그중에는 기업의 회장, 사회적인 지도자들이 많았다.

10%의 학생들은 단기 목표를 달성하여 각 업계의 전문가가 되었고, 대부분 중산층 삶을 살고 있었다.

60%의 학생들은 안정된 직장과 가정이 있지만 특별한 성과 없이 대부분 중산층 이하의 삶을 살고 있었다.

나머지 27%의 학생들은 여전히 인생 목표 없이 그저 하루하루를 살았으며 늘 다른 사람과 사회를 원망했다.

사실, 같은 해 같은 학교를 졸업한 그들이지만 25년 전 뚜렷한 인생 목표가 있었느냐, 없었느냐에 따라 누군가는 성공하고 누군가는 그러지 못했다.

사람이 아무 일도 하지 않고 평생을 빈둥대며 살아서는 안 된다. 반드시 인생의 목표를 세우고 행동을 취해야 한다.

《아라비안나이트》에는 알라딘과 이상한 램프라는 이야기가 나온다. 아마도 누구나 한 번쯤은 그 램프를 탐내 본 적이 있을 것이다. 손으로 살살 문지르기만 하면 램프 속에서 요정이 나와 모든 소원을 들어주니 말이다.

지금이 바로 당신의 몸속에 잠들어 있는 그 요정을 깨워 지휘할 수 있는 절호의 기회다. 요정을 깨우기로 결심만 하면 요정은 당신이 원하는 대로 인생의 방향을 안내할 것이다. 상상력을 발휘하라. 그러면 머지않아 그 모든 꿈들이 현실로 이루어질 것이다. 이에 대해 세계적인 잠재의식 전문가는 이렇게 말했다.

"어떤 목표가 있느냐에 따라 어떤 삶을 살지가 결정된다."

우리 주변에는 늘 이런 푸념을 늘어놓는 사람들이 있다.

"내 문제가 뭔지 알아? 바로 목표가 없다는 거야."

이로써 짐작컨대, 인간의 최종 목표는 수준 높고 의미 있는 삶을 사는 것이라고 볼 수 있다. 단, 그 수준과 의미의 정도는 저마다 다를 수밖에 없다. 원래 목표란 자신의 삶에 대한 일종의 '예상'이기 때문이다.

안타깝게도 생활이 너무 쪼들리는 나머지 다달이 필요한 생활비를 모으는 것을 자신의 목표로 삼는 사람들이 있다. 이런 환경에 처한다면 누구나 인생의 의미 따위가 근본적으로 귀에 들어오지 않을 것이다. 하지만 이것만은 기억하자. 어떤 목표가 있느냐에 따라 인생이 달라진다! 지금 이 순간 자신이 추구할 만한 가치가 있는 목표를 세워 보자.

목표는 우리가 노력을 해야 하는 이유요, 나태해진 정신을 혼내 줄 채찍이다. 목표가 있는 사람은 매사에 적극적이고 열심히 노력한다. 또한 목표를 하나씩 이룰 때마다 사고방식과 일하는 태도에도 점차 변화가 생겨 더욱 적극적으로 변하게 된다. 작은 성취감들이 큰 목표를 이루는 데 필요한 노력의 기폭제가 되기 때문이다.

일단 큰 목표를 세웠다면 좀 더 구체적으로 하위 단계의 목표를 설정해 보자. 이는 큰 목표를 달성하는 데 도움을 준다. 대다수의 사람들은 목표를 너무 높게 잡거나 지나치게 높은 목표를 세워 중도에 포기하고 만다. 만약 그들이 하위 단계의 목표를 세부적으로 세웠다면 어땠을까? 분명히 작은 목표들을 하나씩 달성할 때마다 자신감이 생겨 심리적인 스트레스가 줄어들고 이로써 큰 목표에 더 가까워졌을 것이다.

많은 사람들은 무조건 열심히만 하면 성공할 수 있다고 믿는다. 하지만 그것이 원래 자신의 성공과는 다른 방향으로 가는 길이라면? 이는 훗날 아무리 후회해도 소용없는 일이다. 우리는 뚜렷한 목표, 실현 가능한 목표를 세우고 온 힘을 다해 노력해야 한다.

명언 한마디

부대가 행진하려고 하면
제대로 하는 사람도 있고 도망치는 사람도 있으며 의기소침해 하는 사람도 있고 배신하는 사람도 있을 것이다. 하지만 그런 상황에서도 행진을 끝까지 이어 간다면
그 부대는 진정한 정예 부대로 거듭날 것이다.

– 루쉰(魯迅, 중국의 문학가이자 사상가로 주요 작품으로는 《아큐정전》, 《광인일기》가 있다 – 옮긴이)

5 사과의 힘

| 운명은 스스로 개척하는 것이다 |

스탠리는 사막 탐험에 대단히 관심이 많은 스웨덴 의사였다. 젊은 시절, 그는 아프리카의 사하라 사막을 횡단하고자 하는 꿈이 있었다. 하지만 사막 오지에 진입한 첫날 밤, 그는 한차례 불어 닥친 거센 모래 폭풍에 수중에 있던 모든 것을 잃어버리고 홀로 사막에 남겨져 버렸다. 지도를 잃어버린 탓에 현 위치를 파악할 수 없었고 물과 식량을 싣고 있던 낙타도 보이지 않았다. 자신의 서른여섯 번째 생일을 축하하기 위해 준비해 온 샴페인도 모두 마셔 버린 지 이미 오래였다. 죽음의 공포가 사방에서 그를 엄습해 왔다.

절망의 순간, 스탠리는 힘없이 주머니에 손을 집어넣었다. 그런데 뜻밖에도 주머니에는 사과 한 개가 들어 있었다. 이 사과는 스탠리를 절망에서 벗어나게 해 주었다. 그에게는 아직 사과 한 개가 남아 있었던 것이다!

며칠 후, 곧 숨이 끊어질 듯한 스탠리는 간신히 그곳의 토착민에게 발견돼 구조되었다. 다만 이해할 수 없었던 점은 정신이 혼미한 상태에서도 스탠리는 사과가 말라비틀어질 때까지 단 한 입도 베어 물지 않고 마치 누구에게도 빼앗기지 않겠다는 듯이 양손으로 꽉 쥐고 있었던 것이다.

지난 20세기 초, 스탠리는 자신의 묘비에 새길 다음과 같은 말을 남기고 영원한 잠에 빠졌다.

"나에겐 아직 사과 한 개가 남아 있다."

인간이 얼마나 큰 꿈을 꿀 수 있는가는 그 사람의 의지에 달려 있다. 인생을 살다 보면 크고 작은 곤경에 처하게 된다. 그럴 때면 사람들은 의기소침해지고 자신의 처지를 원망하며 희망의 불꽃을 점차 꺼트리고 비관적으로 자신의 앞날을 내다본다. 따라서 스탠리가 생전에 남긴, "나에겐 아직 사과 한 개가 남아 있다"라는 함축적인 말은 우리에게 알려 주는 바가 크다. 사실, 사람들은 마음속 깊은 곳에 누구나 사과 하나씩을 갖고 있다. 설사 누군가가 당신의 모든 것을 앗아 간다고 해도 당신의 마음속에 있는 최후의 사과 하나만은 빼앗아 갈 수 없다. 그만큼 모든 것을 쉽게 포기해서는 안 된다.

희망을 품는 것이 반 가닥 생명줄이라도 잡고 있는 것이라면 절망하는 것은 이미 죽은 것이나 다름없다. 우리의 마음속에 최후의 사과가 남아 있는 한 반드시 꿈을 이룰 수 있을 것이다.

명언 한마디

전 세계에 강한 의지로 못 오를 높은 봉우리는 없다.

– 디킨스(Charles John Huffam Dickens, 영국의 소설가–옮긴이)

6 모래와 진주

| 위험을 두려워하는 사람은 어느 곳에 있든지 항상 위험에 처한다 |

크고 아름다운 진주를 양식하고픈 조개잡이가 있었다. 그는 틈나는 대로 바닷가로 달려가 모래알들에게 진주가 되고픈 생각이 없는지 물어봤는데 번번이 거절당하기 일쑤였다. 그런데 어느 날, 한 모래알이 고개를 끄덕이며 기꺼이 진주가 되겠다고 대답했다.

그러자 다른 모래알들이 너나 할 것 없이 모두 그 모래알을 말리고 나섰다.

"너, 제정신이야? 이대로 저 사람을 따라가면 가족이랑 친구들과도 모두 헤어져야 하잖아. 그곳에서는 햇볕도 쬘 수 없고 달빛도 볼 수 없고 더욱이 우리랑 같이 지내며 웃을 수도 없단 말이야. 캄캄하고 습기 찬 곳에 혼자 있어야 하는데 너, 무섭지도 않아?"

하지만 그 모래알은 모두의 만류에도 불구하고 결연히 조개잡이를 따라나섰다.

그러고는 몇 년의 세월이 흘렀다. 과연 모래알들은 어떻게 되었을까? 당시 바닷가에 그대로 남았던 모래알들의 일부는 파도에 휩쓸리고 또 일부는 바람에 날아가 흔적도 없이 사라져 버렸다. 반면 조개잡이를 따라갔던 모래알은 온몸에서 아름다운 빛을 발하는 크고 둥근 진주가 돼 있었다.

좋은 성과를 이루려면 어떤 어려움에도 굴하지 않고 고생도 마다하지 않아야 한다. 이는 아무리 세월이 지나도 변하지 않을 진리다.

생물학에 의하면, 나방이 아직 유충일 때는 날개에 힘이 없다고 한다. 하지만 일단 고통스러운 과정을 거쳐 탈피를 하고 나면 날개에까지 체액이 돌아 힘이 생기고 이로써 하늘을 훨훨 날 수 있게 된다.

내리는 비를 맞지 않고서 어떻게 무지개를 볼 수 있겠는가. 어떤 재능이든 모두 힘든 과정과 연습을 통해 얻어지는 것이다. 매화꽃의 향기는 추운 겨울을 이겨 냈기에 더욱 향기롭고 보검의 날은 수없이 갈아졌기에 더욱 날카로운 것이다. 요행을 바라고 노력하지 않은 채 목표를 달성하려는 것은 어제 씨를 뿌려 놓고 오늘 수확하기를 바라는 것만큼 어리석은 일이다. 나방의 성장 과정이 그것을 증명하지 않는가.

달콤한 과일이 어디 그냥 얻어지는가? 그것도 모두 땅에 뿌려진 씨가 두텁게 쌓인 흙을 뚫고 나와 뿌리로부터 물을 흡수하여 결실을 맺는 것이다. 중국 제일의 기전체 사서 《사기(史記)》도 사마천(司馬遷, 전한의 역사가-옮긴이)이 궁형(죄인의 생식기를 없애는 형벌-옮긴이)을 당한 후 극도의 고통 속에서 완성한 것이다. 세계 정상을 차지하는 데 번번이 실패한 중국의 여자 배구팀도 엄격한 훈련을 거친 끝에 마침내 각종 국제대회에서 5연승을 거두며 세계인의 주목을 받을 수 있었다.

자신의 미래를 장밋빛으로 밝게만 전망하는 젊은이들이 많다. 하지만 이는 인생 여정의 곳곳에 도사리고 있을 좌절과 실패를 간과한 것이다. 인생길은 비행기 활주로처럼 그렇게 평탄하지도 곧게 뻗어 있지도 않으며 공원의 오솔길처럼 그렇게 많은 꽃들이 반겨 주지도 않는다. 그래서 살다가 좌절과 실패를 맛보면 금세 모든 것을 비관하기도 한다. 인생에는 항상 기쁨과 슬픔, 승리와 실패, 희망과 절망이 공존한다. 하지만 위대한 인물로 칭송 받는 사람들은 첩첩산중에서 길을 잃은 것만큼 어려운 상황에서도 몇 번이고 그 상황과 부딪치며 노력한 끝에 막다른 길에서 새로운 길을 발견하며 성공을 거머쥐었다.

성공하는 것은 쉬운 일이 아니다. 따라서 성공하기 위해서는 좌절도 두려워하지 않을 용기와 자신감이 있어야 한다.

명언 한마디

기억하라. 업적을 이루는 데는 입이 아니라 손이 필요하다.

– 통띠쪼우(童第周, 중국의 생물학자-옮긴이)

7 미키마우스의 탄생

[불운은 천재를 만들어 내고 행운은 재능을 잃게 한다]

가진 것이라고는 꿈밖에 없는 고독한 젊은 화가가 있었다. 그는 꿈을 이루기 위해 고향에서 멀리 떨어진 캔자스 주로 향했다. 캔자스에 도착한 뒤 그는 제일 먼저 한 신문사에 입사 지원서를 냈다. 그곳의 좋은 분위기가 마음에 들었던 것이다. 하지만 신문사의 편집장은 그의 작품이 참신하지 못하다는 이유로 그를 채용하지 않았다.

훗날, 그는 교회에서 그림을 그리며 간간이 돈을 벌었다. 하지만 그의 수입이 화실을 빌려 쓸 수 있을 만큼 많지 않아 되는대로 버려진 차고에서 그림을 그려야 했다. 그러던 어느 날, 피로에 지친 이 젊은 화가는 어두컴컴한 불빛 아래서 반짝반짝 빛나는 작은 눈을 보았다. 바로 생쥐 한 마리의 눈빛이었다. 그는 웃으면서 계속 그 생쥐를 바라봤다. 그러자 생쥐는 얼른 어디론가 숨어 버렸다. 그 뒤로도 생쥐는 몇 차례 그의 눈에 띄었다. 그럴 때마다 화가는 생쥐를 놀라게 하여 쫓아 보내

거나 잡지 않았다. 오히려 생쥐가 바닥에서 요리조리 움직이며 작은 '재롱' 을 부리면 빵 부스러기를 주며 좋아했다. 화가와 생쥐 사이에는 차차 믿음이 생기며 둘은 좋은 친구 사이가 되었다.

그리고 얼마 후, 젊은 화가는 할리우드로 건너가 동물을 주인공으로 하는 만화 제작에 참여했다. 하지만 어렵게 얻은 기회에서도 그는 또 실패하고 말았다.

어두컴컴한 저녁, 그는 앞으로의 진로에 대해 심각하게 고민하다가 처음으로 자신의 재능을 의심하게 되었다. 그런데 바로 그 순간, 예전에 차고에서 봤던 어린 생쥐가 불현듯 떠올랐다. 그는 재빨리 손을 놀려 생쥐의 윤곽을 그려 나갔다.

이렇게 해서 오늘날 가장 성공한 만화 주인공으로 뽑히는 미키마우스가 탄생되었다. 월트 디즈니(Walt Disney)는 미키마우스로 부와 명예를 동시에 얻을 수 있었다.

끊임없는 탐구와 창조는 세상을 변화시켰다. 만약 창조가 없었다면 인간은 원숭이와 별 차이 없는 생활을 하고 있지 않았을까? 과학의 발전과 인류의 진보는 자연에 대한 인간의 끝없는 탐구가 있었기에 가능했다. 진보란 결국 탐구와 창조의 결과물이라고 할 수 있다.

자아를 넘어선다는 것은 부단히 노력하고 다른 사람이 가지 않을 길을 개척하며 자신의 일에서 새로운 기점을 찾는 것을 뜻한다.

우리는 다른 사람의 성공을 부러워할 필요도, 또 자신의 실패를 비관할 필요도 없다. 그저 열심히 인생길을 걸으며 자아를 넘어서는 사람이 있다면 그 사람이 바로 강자(强者, 힘이나 세력이 강한 사람이나 생물 및 그 집단-옮긴이)다.

성공한 사람도 결국 성공을 향해 쉬지 않고 한 걸음씩 걸음을 옮겨 왔기에 오늘날의 자리에 오를 수 있었다. 실패하면 어떤가. 포기하지만 않으면 모든 것은 변하기 마련이다. 아무리 힘들고 험한 길을 걷더라도 머뭇거리지 말자. 그 길을 걸어 보지 않고서는 자신의 일상과 일이 얼마나 소중하고 훌륭한 것인지 깨달을 수 없다.

어쩌면 많은 노력을 하고서도 그렇지 않은 사람보다 형편이 못할 수 있다. 또는 고생 끝에 낙이 온다고 험한 길도 마다하지 않고 다 헤쳐 나갔는데 그 끝이 낭떠러지일 수도 있다. 하지만 그렇다고 해도 이에 굴하지 않고 다시 용기를 내야 한다. 쓴맛을 본 사람이 설탕의 달콤함을 알 수 있듯 어려움을 겪어 본 사람만이 일상과 삶의 달콤함을 알 수 있다.

일본의 한 여성 편집장이 과학자가 아닌 소비자의 입장에서, 대중적인 편리함을 위한 기기인 아이모드(I-Mode, 일본의 NTT 도코모사가 제공하는 이동 통신 서비스로, 휴대폰으로 인터넷에 접속하여 뉴스 검색, 게임, 티켓 예매 등을 할 수 있다-옮긴이) 휴대폰을 연구, 제작하는 데 성공했다. 이는 일본에서 판매된 전자제품 중에서 워크맨 이후로 가장 많은 대중의 사랑을 받은 제품으로 손꼽힌다.

"난 무선통신 분야의 전문가가 아니었기에 고정관념에서 벗어날 수 있었습니다."

이것이 바로 그녀가 밝힌 성공 요인이었다.

인생은 이렇다. 굳은 의지로 가던 길을 계속 가고 자아를 넘어설 수 있다면 그 사람이 바로 영원한 강자(强者)다. 자아를 넘어선 사람이야말로 또 다른 성공을 창조할 수 있다. 성공을 이룬 자리가 바로 새로운 기점이다.

명언 한마디

모든 이에게 바라는 점이 있다면
의미 있는 한 가지 일에 매진하고 헌신하라는 것이다.
– 아인슈타인(Albert Einstein, 미국의 물리학자로 상대성 이론을 발표했다–옮긴이)

8 사냥을 좋아하는 젊은이

[모든 것은 관계로 통한다]

사냥을 좋아하는 젊은이가 있었다.

그는 하루 대부분의 시간을 사냥을 하는 데 보냈는데 그에 반해 수확량은 그리 많지 않았다. 심지어는 빈손으로 돌아가는 날이 더 많아서 가족과 친구, 이웃들에게 민망할 정도였다.

어느 날, 그는 자신이 왜 번번이 사냥감을 놓치는지 곰곰이 생각해 보았다. 그 결과, 사냥개가 일을 그르친다는 사실을 알 수 있었다. 하지만 가난한 집안 형편에 무슨 돈이 있어 사냥개를 또 산단 말인가. 그는 하는 수 없이 그날로 사냥을 중단하고 새 사냥개를 사기 위한 돈을 벌려고 밭에 나가 열심히 일했다. 그해 가을, 젊은이는 어느 해보다도 풍성한 농작물을 수확했다. 집안에 한결 여유가 생기자 그는 곧장 시내로 나가 좋은 사냥개 한 마리를 사 왔다. 그리고 그 이후, 그는 마을 사람들과 함께 사냥을 나갈 때마다 최고로 많은 사냥감을 안고 돌아왔다.

사냥을 좋아하는 젊은이는 매번 사냥 성과가 만족스럽지 못하자 그 원인을 곰곰이 분석하여 사냥개에 문제가 있음을 발견해 냈다.

주목할 만한 점은 그는 문제점을 파악한 이후 잠시 동안 사냥 나가는 것을 포기했다는 것이다. 대신에 그는 열심히 일하여 돈을 마련한 뒤 취미 생활을 더욱 즐겁게 만들어 줄 좋은 사냥개 한 마리를 샀다.

취미 생활을 하는 데 많은 열정과 돈을 쏟아 붓고 어느 정도 만족을 느낀 사람들이 많을 것이다. 하지만 어떤 사람들은 마땅히 포기해서는 안 될 일마저 손에서 놓고 취미 생활만 즐긴다. 그들에게 취미는 자신의 전부이기 때문에 다른 일을 아예 안 하려는 것이다. 취미 생활을 위해서라면 자신의 소중한 것들도 희생시켜 가며 공부건 일이건 모두 대충 하는데 이는 득보다 실이 큰 대단히 잘못된 방법이다.

취미는 인생을 보다 충실하게 만들어 준다. 하지만 그것도 맹목적으로 추구할 것이 아니라 자신의 현실 상황과 맞춰 가며 적절히 즐겨야 한다. 물론 취미 생활과 직업이 일치하는 사람도 있지만 이는 극소수의 이야기다. 분명히 해 둬야 할 점은 취미는 취미일 뿐 즐기는 것으로 만족하고, 마땅히 해야 할 일이 있으면 열심히 해야 한다는 것이다. 상황이 여의치 않으면 이야기 속의 젊은이처럼 잠시 취미 생활을 중단했다가 더 좋은 조건을 만들어서 나중에 다시 즐기면 되지 않는가.

사실, 취미가 있다는 것은 매우 행복한 일이다. 하지만 그것을 위해서 자신의 책임을 등한시해서는 안 된다.

취미 생활에 빠져 내 본연의 일을 잊지 말라! 이 충고의 말을 꼭 기억하자.

명언 한마디

의지가 약한 자는 지(智)를 달성할 수 없다.

– 묵자(墨子, 중국 춘추 전국 시대의 노나라의 철학자-옮긴이)

9 | 스스로 강해져야 한다

| 나 자신을 믿어라. 그것이 바로 성공의 비결이다 |

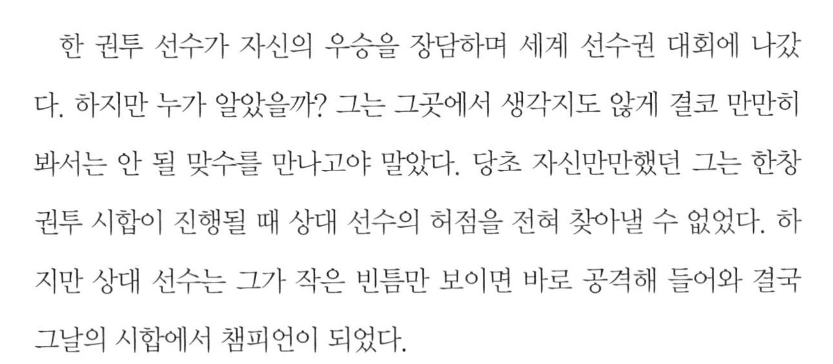

한 권투 선수가 자신의 우승을 장담하며 세계 선수권 대회에 나갔다. 하지만 누가 알았을까? 그는 그곳에서 생각지도 않게 결코 만만히 봐서는 안 될 맞수를 만나고야 말았다. 당초 자신만만했던 그는 한창 권투 시합이 진행될 때 상대 선수의 허점을 전혀 찾아낼 수 없었다. 하지만 상대 선수는 그가 작은 빈틈만 보이면 바로 공격해 들어와 결국 그날의 시합에서 챔피언이 되었다.

자신의 참패를 인정할 수 없었던 그는 코치를 찾아갔다. 그리고 그날 시합 장면의 영상을 보여 주며 그의 약점과 공격할 때의 과정을 분석해 달라고 청했다.

코치는 그저 웃으며 아무 말도 하지 않았다. 대신에 바닥에 선을 하나 그리더니 한번 그 선의 길이를 짧게 만들어 보라고 했다. 단, 절대로 지워서는 안 되었다.

어떻게 해야 지우지 않고 선을 짧게 만들 수 있을까? 아무리 생각해도 마땅한 방법이 떠오르지 않자 그는 결국 포기하고 코치에게 방법을 가르쳐 달라고 말했다.

그러자 코치는 그가 먼저 그렸던 선 옆에 그보다 더 긴 선 하나를 그렸다. 그러고 보니 코치가 문제로 냈던 그 선의 길이가 많이 짧아 보였다.

코치가 말했다.

"모든 게 이 길고 짧은 선과 같은 거란다. 세계 챔피언이 되기 위해서는 상대방의 약점을 파악하는 것도 중요하지만 그보다 먼저 자신이 강해져야 해. 그러면 상대 선수의 실력은 자연히 이 짧아진 선처럼 보이겠지. 스스로 강해지는 것이 바로 네가 해야 할 기본 훈련이란다."

성공으로 향하는 길에는 넘고 극복해야 할 수많은 좌절과 실패들이 있다. 사람들은 흔히 두 갈래의 인생길을 걷게 된다.

첫 번째 길은 이야기 속의 권투 선수처럼 상대방의 허점을 찾아 치명적인 일타로 가장 직접적이고 예리하게 신속히 문제를 해결하는 것이다. 반면 두 번째 길은 전면적으로 자신의 실력을 키우는 것이다. 이야기 속 코치의 말처럼 인격, 지식, 지혜, 실력을 먼저 쌓은 뒤 더욱 성숙해지고 강해지면 문제는 술술 풀리게 돼 있다.

사람의 재능은 목표가 높을수록 더 빨리 자라고 이는 사회에도 유익한 일이다.
나는 이것을 진리로 믿고 있다.

– 고리키(Maksim Gor'kii, 러시아 작가-옮긴이)

10 거지와 성안 사람들의 대화

| 시장이 반찬이다 |

스웨덴 스톡홀름에 한 거지가 살고 있었다. 그는 늘 성안으로 들어가 지나가는 사람들에게 구걸을 했다.

하지만 성안의 사람들은 그 거지를 너무나 싫어하여 누구도 먹을 것을 주지 않았다. 배고픔에 지친 거지는 하는 수 없이 성당의 신부님을 찾아가 도움을 청하기로 했다.

신부님은 그에게 수의사를 소개해 주었다. 그날 이후 거지는 수의사를 따라다니며 각종 잡일을 도왔고 그 덕에 밥도 얻어먹었다.

사람들은 거지를 비웃으며 말했다.

"수의사를 따라다니며 밥을 얻어먹다니 창피하지도 않나?"

그러자 거지가 대답했다.

"세상에서 가장 모욕적인 일은 떠돌아다니며 밥을 빌어먹는 일이요. 하지만 난 지금 내 힘으로 밥을 먹고 사는데 수의사를 따라다닌들 대체

그게 [illegible] 그리 모욕적이란 말이요?"

이는 생존과 발전의 이치(또는 철리(哲理), 깊고 오묘한 이치-옮긴이)에 관한 이야기다.

과연 인생에서 가장 중요한 일은 무엇일까? 이에 대한 답은 사람마다 모두 다를 것이다. 하지만 생존 문제를 먼저 해결해야 한다는 점에는 의심할 여지가 없다. 인류 최초의 활동은 생명을 이어 가는 것에서부터 출발했다. 생명을 이어 갈 수 없다면 숭고한 진리가 무슨 소용이 있는가? 생명력을 잃은 이상이 과연 존재할 수 있겠는가?

열심히 살고자 노력하는데 모욕적일 것이 뭐가 있단 말인가.

다시 스톡홀름의 거지 이야기로 돌아가 보자. 처음에 그는 일하지 않고 단지 다른 사람들에게 구걸을 하며 먹고살려고만 했다. 하지만 모든 이들이 그를 쳐다보지도 않자 마지막으로 신부님을 찾아가 도움을 청할 수밖에 없었다. 그가 거지 행세를 하던 시절, 남들이 그를 깔보고 무시했던 것은 어쩌면 당연한 일이다. 그래서 그도 모욕감을 느꼈을 것이다. 하지만 지금 그는 스스로 일하며 자기 힘으로 살고 있는데도 사람들은 여전히 그가 수의사를 따라다니며 밥을 얻어먹고 산다고 생각한다. 이는 그들이 거지가 수의사의 일을 도우며 스스로의 힘으로 살아간다는 사실을 모르기 때문이다. 그들 생각대로 거지가 수의사를 따라다니며 밥을 먹고 사는 것이 모욕적인 일이라면, 수의사라는 직업 역시 모욕적인 일이 된다. 하지만 실상은 어떠한가? 성실히 일해서 자신의 삶을 꾸려 나가면 되는 것이다. 이렇듯 직업에는 귀천이 따로 없는 법이다.

분업화가 이뤄진 이래, 노동은 일종의 생계 수단으로 여겨져 왔다. 그래서 어떤 직업이든 함부로 무시해선 안 된다. 모든 직업은 존재할 가치가 있다. 사회적으로 필요로 하는 노동 분야가 다르기 때문에 직업에도 분업화가 일어난 것이다.

어떤 직업이든 생존의 필요에 의해 나눠지는 것이지 절대로 신분의 귀천에 의해 나눠지는 것이 아니다. 일자리를 구할 때 딱히 마음에 드는 직장을 찾지 못해 이러지도 저러지도 못한 적이 있을 것이다. 이는 매우 자연스러운 현상인데, 스스로 자신의 능력을 높게 평가하는 사람은 전문성이 부족한 직업을 무시한다. 하지만 그런 직업을 갖기에는 본인의 실전 경험이 부족하다는 사실을 왜 보르는가.

우리는 이런저런 트집을 잡으며 자신이 몸담고 있는 직업을 무시하지 말아야 한다. 그보다 먼저 선행되어야 할 것은 바로 경험을 쌓는 일이다.

명언 한마디

대업을 이루기 위해서는 반드시 작은 일부터 시작해야 한다.

– 레닌(Vladimir Il'ich Lenin, 러시아의 혁명가이자 정치가로 러시아 혁명을 주도했다–옮긴이)

반드시 자신을 믿어라.
이것이 바로 성공의 비결이다

당신이 용감하면 세상이 양보한다.

때로 세상이 당신을 앞지를 수도 있지만 다시 용기를 내어

과감히 나아간다면

세상은 항복하고 말 것이다.

| 새커리(William Makepeace Thackeray, 19세기 영국의 소설가 옮긴이)

11 토끼를 쫓은 젊은 사냥꾼

| 덤불 속의 두 마리 새보다 손 안의 한 마리 새가 더 가치 있다 |

어떤 젊은이가 스승을 모시고 처음으로 사냥을 나갔다.

잠시 후, 젊은이가 막 산 입구에 들어섰을 때 토끼 두 마리가 깡충깡충 뛰어가는 모습이 보였다. 그는 재빨리 어깨에 메고 있던 총을 바로 잡아 토끼를 향해 총구를 겨눴다. 그러자 두 마리 토끼가 서로 반대 방향으로 도망가기 시작했다. 당황한 젊은이는 도대체 어느 토끼를 잡아야 할지 선뜻 판단이 서지 않았다. 이 토끼를 잡자니 저 토끼를 놓칠 것 같아 이러지도 저러지도 못하고 망설이다가 결국에는 두 마리 토끼 모두를 눈앞에서 놓치고 말았다. 젊은이는 매우 화가 났다.

그러자 스승이 그를 위로해 주며 말했다.

"두 마리 토끼가 서로 다른 방향으로 도망갔으니 네가 아무리 총을 빨리 쏜다 한들 동시에 양쪽으로 쏠 수 없지 않느냐. 이번 실패의 관건은 바로 빨리 목표물을 정하지 못한 것에 있다. 그렇지 않으면 지금쯤 빈손으로 있지는 않았겠지."

좋은 사냥꾼이 되고 싶다는 꿈을 한 번도 꿔 보지 않은 사람에게도 이야기 속 스승의 말은 매우 의미 있게 들릴 것이다.

인생에는 우리가 노력하고 추구해야 할 가치 있는 것들이 많다. 하지만 그 모든 것을 한꺼번에 얻을 수는 없다.

원하는 두 가지를 한꺼번에 모두 가질 수 없을 때는 먼저 어느 한쪽으로 목표를 정하고 시기를 틈타 손에 넣어야 한다. 미국 속담에 "덤불 속의 두 마리 새보다 손 안의 한 마리 새가 낫다"는 말이 있다. 좋은 기회가 오면 망설이지 말고 그 기회를 잡아야 한다. 그렇지 않으면 흔적도 없이 사라지게 된다. 앞뒤로 재고 득과 실을 따지다 보면 어느새 성공과는 멀어질 것이다.

인생은 선택의 역사다. 사람은 세상에 태어나는 그 순간부터 각종 선택을 해야 한다. 그리고 무엇을 버려야 하고 취해야 하는지 선택하면서 성숙해진다. 갓난아기는 태어나는 순간 힘차게 울음소리를 내야 할지, 아니면 말아야 할지 선택한다. 등에 책가방을 메고 첫 등교를 하는 순간부터는 올바른 지식을 선택해서 배우고 고리타분한 속박 따위는 벗어버려야 한다. 나아가 어른이 된 뒤 누군가에게 반해 사랑을 할 때와 사업에 부조화가 생겼을 때도 선택을 한다. 대학을 졸업하고는 대학원에 진학해 계속 공부를 할 것인지, 아니면 사회에 나가 일을 할 것인지 선택해야만 한다. 취직을 한다고 해도 고향에 남아 부모 곁에 있을 것인지, 아니면 대도시로 나갈 것인지 선택해야 한다. 또한 공부를 계속하더라도 국내에 있을 것인지, 아니면 해외로 나갈 것인지 선택해야 한다. 이렇듯 우리는 시시때때로 선택을 내려야만 한다.

사람은 언젠가 죽고 인생은 짧기 때문에 모든 꿈을 실현할 수도 없고 또 모든 욕망을 만족시킬 수도 없다. 그래서 선택을 해야 하고 가장 소중한 목표를 달성하는 데 에너지를 집중해야 한다. 그래야 살면서 많은 목표를 달성하지 못하더라도 열심히 노력했기에 결코 헛된 삶을 살지 않은 것이 된다.

인생의 무대에서 특색 있는 역할을 맡으려면 반드시 선택하는 법을 배워야 한다. 그러면 인생 목표를 이루는 데 무엇이 필요한지 알 수 있어 끝내는 목표를 달성할 수 있다. 뚜렷하지 않은 목표를 향해 전진한다면 아무런 소득도 얻지 못할 것이다.

이야기 속 사냥꾼 스승의 말이 새삼스럽게 다가오지 않는가? 좋은 기회를 놓치며 평생 후회 속에서 살지 않도록 현명한 선택을 하는 법을 배우자.

명언 한마디

다른 사람의 것을 다 훔친다 해도 단 한 가지 절대 훔칠 수 없는 것이 있다. 그것은 바로 특정한 환경에서 자신의 생활 태도를 선택할 수 있는 자유다.

– 프랑크(Anne Frank, 독일에서 태어난 유태인 소녀로 《안네의 일기》로 더욱 유명하다–옮긴이)

12 사탕수수 즙을 사탕수수 밭에 뿌린 농부

| 바라는 대로 안 되더라도 최선을 다해야 한다 |

사탕수수 농장을 하는 두 농부가 있었다. 어느 날, 그들은 그해 사탕수수 농사를 더 잘 지은 사람에게 오백 달러를 주기로 내기했다. 그러자 한 농부가 생각했다.

'사탕수수는 다니까 그 즙을 짜서 밭에 뿌려 주면 사탕수수가 더 달게 되지 않을까? 그러면 오백 달러는 내 차지가 되겠지?'

그는 정말로 사탕수수 즙을 짜서 밭에 뿌렸다. 하지만 그것이 일을 그르칠 줄이야. 사탕수수 즙이 오히려 사탕수수를 부패시켰던 것이다. 결국 그는 어쩔 수 없이 오백 달러를 친구 손에 쥐어 주어야만 했다.

농부가 내기에서 진 이유는 근본적으로 사탕수수가 어떻게 크는지 잘 몰랐기 때문이다.

사탕수수가 잘 자라는 데 사탕수수 즙은 필요하지 않다. 오히려 사탕수수 농사를 망칠 뿐이다. 사실, 시작할 때는 좋았으나 더 잘하고 싶은 마음에 오히려 일을 그르칠 때가 있다.

두 농부의 이야기가 의미하는 바는 이렇다. 일을 훌륭히 처리하는 것은 결코 쉬운 일이 아니다. 진지하게 고민하고 연구해야 좋게 시작한 일을 망치지 않을 수 있다!

의욕에 넘쳐 자신의 한 해 농사를 망치고 만 농부의 이야기를 꼭 기억하도록 하자.

명언 한마디

현명한 사람은 병이 나기 전에 미연에 방지하고,
고통 때문에 편안함을 추구할까 봐 스스로 고통을 이겨 내도록 격려한다.
– 토머스 무어(Thomas Moore, 아일랜드의 시인–옮긴이)

13 두 어부의 싸움

| 토끼 고기를 먹으려면 먼저 토끼를 잡아야 하고, 토끼를 잡은 후에는 불을 붙여야 한다 |

어느 날, 두 어부가 함께 강에 낚시를 하러 갔다가 싸움을 벌였다. 잡은 물고기를 나누다가 서로 자기 양이 더 적다고 아우성이었던 것이다. 결국 그들은 강가에 물구덩이를 파고 물고기를 잠시 그곳에 보관한 뒤 집에 가서 저울을 가져와 공평히 무게를 재서 나누기로 결정했다. 하지만 그들이 저울을 가지고 돌아왔을 때 물구덩이는 텅 비어 있었다. 물고기들이 모두 강물로 헤엄쳐 갔던 것이다. 화가 잔뜩 난 두 어부는 서로를 탓하기만 했다.

그런데 이때 어디선가 들오리 울음소리가 들려왔다. 두 어부는 물고기 대신 들오리라도 잡기로 결정했다. 거의 들오리 가까이까지 다가가 총구를 겨누려는 찰나 한 어부가 말했다.

"너무 서두르지 말게나. 들오리가 도망가기 전에 먼저 어떻게 나눌 건지 그것부터 결정하자고."

말이 끝나기 무섭게 그들은 어떻게 나눌 것인지를 두고 또 싸우기 시작했다. 싸우는 소리가 어찌나 컸던지 들오리가 듣고 깜짝 놀라 날아가 버렸다. 그러나 두 어부는 벌써 들오리가 도망가 버린 사실도 모른 채 계속 싸움만 했다.

실생활에서 저런 실수를 할 어부는 없겠지만 저렇게 어리석은 사람은 있다. 여럿이 같은 목표를 향해서 열심히 노력하지만 종국에는 이익을 나누는 과정에서 불미스러운 일이 생기기도 한다. 서로 더 많이 가지려고 하지 결코 손해 보려 들지 않기 때문이다. 그리고 이런 대립 상황이 길어지다 보면 이미 손에 들어왔던 것도 놓치고 만다. 나중에 또 다시 서로 협력하여 어떤 일을 할 때도 여전히 이익을 두고 아옹다옹 다퉈 결국 이전보다 더 큰 손실을 입게 된다.

누군가와 함께 낚시를 해 본 적이 있는가? 혹시 그런 경험이 없더라도 누군가와 협동하여 일을 한 적은 있을 것이다. 협력업체끼리 좋은 관계를 유지하며 잘 지내다가도 작은 일에 서로 양보하지 않으려다 파트너십이 깨지고 결국 양쪽 다 손해를 입는 경우가 있다. 뿐만 아니라, 모든 상업적인 활동에서도 여전히 서로를 경계하느라 제대로 된 합작이 이뤄지지 않고 더 큰 손해를 입는 경우가 있다.

우리 주변에는 아직 일이 완성되지도 않았는데 미리 김칫국부터 마시며 나중에 이익을 어떻게 분배할 것인가를 두고 싸우는 사람들이 있다. 물론 그렇게 되면 나중에는 되던 일도 흐지부지 끝나고 만다.

따라서 우리는 작은 이익에 연연하지 말고 장래에 얻게 될 더 큰 이익을 생각하며 노력해야 한다.

명언 한마디

일치된 힘은 강력하다. 그러나 분쟁은 쉽게 정복되고 만다.

– 이솝(Aesop, 고대 그리스의 우화 작가–옮긴이)

14 우리 모두는 하느님이 베어 먹은 사과다

| 기적은 많이 일어난다. 그러나 인간보다 더 기적적인 것은 없다 |

자신의 눈이 먼 것이 하느님이 벌을 내렸기 때문이라고 믿는 시각장애인이 있었다. 그는 그의 삶을 늘 비관했다. 훗날, 한 선생님이 그를 깨우치며 말했다.

"세상 사람들은 모두 하느님이 베어 먹은 사과란다. 다들 단점이 있지. 유난히 다른 사람보다 단점이 많은 사람도 있어. 그건 하느님이 그 사람의 사과가 너무 맛있어서 더 크게 베어 먹었기 때문이야."

그는 선생님의 말에 많은 희망을 얻었다. 자신의 눈이 먼 것이 하느님이 자신을 특별히 사랑하기 때문이라고 생각한 시각장애인은 다시 마음을 추스르고 운명에 도전했다. 그리고 몇 년 후, 그는 저명한 안마사가 되어 많은 사람들의 통증을 치료해 주었다. 이런 그의 사연은 그 지역 초등학교의 교과서에도 소개되었다.

자신의 단점을 하느님이 사랑하는 만큼 베어 먹은 사과라고 생각하다니, 정말 대견하다. 물론 자기 안위적인 느낌도 있지만 말이다. 하지만 세상일이 마음먹은 대로만 이루어지지는 않는 법인데 자기 위안과 격려가 필요하지 않은 사람이 몇이나 될까?

역사에 이름을 남긴 세 명의 문화인이 있다. 앞을 볼 수 없었던 문학가 밀턴(John Milton, 《실낙원》의 저자-옮긴이)과 들을 수 없었던 베토벤(Ludwig van Beethoven), 중년 이후 벙어리가 된 천재적인 바이올리니스트 파가니니(Niccol Paganini)가 바로 그들이다. 하느님이 베어 먹은 사과의 이론에 따르면 그들은 하느님이 특별히 사랑하여 더 크게 한 입 베어 먹은 셈이 된다.

파가니니를 예로 들어 보자. 그는 네 살 때 홍역을 앓고 일곱 살 때 폐렴을 앓으며 거의 목숨을 잃을 뻔했다. 그리고 마흔여섯 살 때는 치아가 모두 빠져 버렸고 마흔일곱 살 때는 시력이 크게 나빠져 실명 위기에 처했으며 쉰 살에는 벙어리가 되었다. 분명 하느님이 그의 사과를 아주 크게 베어 먹은 것이 틀림없다. 하지만 그는 천재적인 바이올리니스트가 되지 않았는가. 세 살 때 처음 바이올린을 배우며 재능을 보이기 시작한 파가니니는 여덟 살 때부터 조금씩 이름을 알렸으며 열두 살 때는 연주회를 열어 큰 성공을 거두었다. 그 이후, 그의 명성은 전 세계에 알려져 무수히 많은 팬들이 생겨났고 고통스러운 상황에서도 독특한 연주법으로 매혹적인 선율을 선보이며 전 세계를 감동시켰다. 한 저명한 음악평론가는 그를 '바이올린의 현을 다루는 마술사'라고 평가했고 괴테(Johann Wolfgang von Goethe)는 '바이올린 현을 켜며 불같은 영혼을 보여 준다' 라고 말했다.

누군가는 하느님을 장사에 능통한 상인이라고 말한다. 재능을 주면 그만큼의 고통을 함께 준다는 것이다. 그러고 보면 이는 그리 틀린 말도 아닌 것 같다.

뜻밖의 어려움을 만났을 때 하늘을 원망하고 누군가를 탓하지 말자. 스스로 자신을 폄하시키며 포기하지도 말자. 그럴 때 가장 좋은 방법은 이야기 속의 선생님처럼 자기 자신을 격려하고 아끼는 것이다. 인간은 누구나 하느님이 베어 먹은 사과다. 단지 하느님이 당신을 특별히 더 사랑하여 사과를 더 많이 베어 먹었을 뿐이다.

명언 한마디

재능이 완전하지 못하고 힘으로 감당할 수 없는 일도 있어야
비로소 부족함이 있다고 말할 수 있다.

– 송렴(宋濂, 중국 명나라 초기의 산문가–옮긴이)

15 그림 밖의 인생

| 사람의 첫 번째 의무는 무엇인가? 정답은 매우 간단하다. 바로 나 자신이 되는 것이다 |

어떤 화가가 모든 이들이 좋아할 만한 그림을 그렸다. 그러고는 시장에 나가 전시를 했는데 그림 옆에는 이런 설명과 함께 붓이 한 필 놓여 있었다.

"그림에 만족스럽지 못한 부분이 있으면 표시해 주십시오."

그날 저녁, 화가는 그림을 거둬들이다가 사람들이 남긴 표시들로 만신창이가 된 그림을 보고 매우 속이 상했다. 그림에 사람들이 지적한 표시들이 가득했던 것이다. 그는 이 일로 크게 상처를 받고 실망했다.

집으로 돌아온 화가는 다시 한 번 화법을 바꿔 그림을 그리기로 결정했다. 그러고는 다시 시장에 나가 전시를 했다. 그러나 이번에는 지번과는 달리 그림에서 가장 마음에 드는 부분에 표시를 해 달라고 사람들에게 부탁했다. 그날 저녁, 그림을 거둬들이던 화가는 흥분을 감추지 못했다. 그림에 만족스러운 표시들이 가득했던 것이다.

"야호!"

화가는 감동에 겨워 말했다.

"이제야 알겠어. 내 그림에 만족하는 사람이 있으면 되는 거야. 누군가에게 추악해 보이는 물건이 또 다른 사람의 눈에는 매우 아름답게 보일 수 있는 거니까 말이야."

인생에 완벽한 것은 없다. 완벽이란 그저 이상 세계에나 존재할 뿐이다. 살면서 후회스러운 일이 단 한 번도 없었다면 그것을 진실한 인생이라고 할 수 있을까? 따라서 괜히 힘들게 완벽함을 추구할 필요가 없다. 오히려 그런 마음가짐이 더 많은 유감과 후회를 남길 수도 있다. 사실, 대부분의 후회는 완벽함을 지나치게 추구하다가 생기지 않던가.

큰일을 하다 보면 종종 작은 문제들이 생기기도 한다. 사실, 그 문제들이란 큰일에 비하면 아무것도 아닌 정말로 작은 문제에 불과하다. 하지만 사람들은 그 작은 문제들에 연연해 큰일을 이룬 기쁨을 맛보지 못할 때도 있다.

이왕이면 최고가 될 수 있도록 노력하는 것이 좋다. 하지만 그렇더라도 영원히 완벽할 수는 없다. 그래서 누구나 실수를 하고, 때로는 자신이 실수를 했는지도 모른다. 이렇듯 많은 사람들은 다른 사람이 결점 하나 없이 완벽하길 바라지만 정작 자신의 실수에 대해서는 관대하다.

다른 사람들 눈에 완벽하게 보이는 사람도 어떤 의미에서 보면 불쌍한 사람이다. 평생 본연의 모습을 드러낼 수 없기 때문이다.

실현할 수 없는 꿈을 과감하게 포기할 줄 아는 사람은 완벽하다. 사랑하는 가족을 잃은 슬픔을 강하게 이겨 내는 사람도 완벽하다. 그들은 최악의 상황에서 충격을 성공적으로 이겨 냈기 때문이다.

한 어부가 바닷가에서 표면에 검은 점이 있는 진주를 주웠다. 행여 잃어버릴까 봐 그는 한시도 손에서 진주를 놓지 않았는데 유독 검은 점이 마음에 들지 않았다.

'검은 점을 없애면 더 귀한 진주가 되겠지?'

생각이 여기에 미치자 그는 칼로 진주의 검은 점을 도려냈다. 그런데 아무리 검은 점이 있는 부분을 한 겹 한 겹 벗겨 내도 검은 점은 없어지지 않았다. 그렇게 계속해서 벗겨 내다 보니 결국에는 진주가 아예 없어지고 말았다.

손에 넣을 수 없는 완벽함을 추구하다가 본래 소유할 수 있었던 것마저 놓칠 때가 있다. 결점 하나 없는 완벽함을 추구하는 것이 잘못되었다는 것은 아니다. 하지만 완벽해지고 싶은 욕망이 물거품이 되는 일은 자주 발생한다. 장점과 단점, 강점과 약점은 항상 함께한다. 또한 가장 좋은 것이 반드시 가장 완벽한 것은 아니다.

인생은 축구 경기와도 같다. 최강의 축구팀이 실점을 할 때도 있고 최악의 축구팀이 득점을 할 때도 있다. 실점보다 득점을 많이 하면 되는 것이다.

결점을 직시하고 더 이상 완벽함을 쫓지 않는다면 완벽해질 것이다.

장미꽃이 피지 않으면 가시도 자라지 않는다.

– 레이(Mikolaj Rej, 폴란드의 시인이자 소설가로 폴란드 문학의 아버지로 불린다–옮긴이)

16 | 호랑이와 고슴도치와 밤나무

| 고양이는 생선을 좋아하면서도 물에 젖는 것은 싫어한다 |

호랑이 한 마리가 먹잇감을 찾으러 들판에 나갔다가 저 멀리서 한가하게 땅에 누워 있는 고슴도치를 발견했다. 하지만 워낙 오랫동안 굶주렸던 탓에 호랑이의 눈에는 고슴도치가 그저 고깃덩어리로밖에 보이지 않았다. 호랑이는 고개를 숙이고 슬금슬금 다가가 잽싸게 고슴도치를 입으로 물었다. 그런데 아뿔싸! 고슴도치가 재빨리 몸을 뒤집는 바람에 호랑이의 입은 온통 가시에 찔리고 말았다. 호랑이는 너무 놀란 나머지 그 길로 산속으로 도망쳤다. 깊은 산중에까지 들어온 호랑이는 더 이상 고슴도치가 보이지 않자 안심이 되었는지 갑자기 피곤함을 느껴 밤나무 아래서 잠이 들었다. 잠시 후, 잠에서 깨어난 호랑이는 깜짝 놀라고 말았다. 자신의 머리 위에 고슴도치같이 생긴 밤송이들이 대롱대롱 매달려 있었던 것이다. 또다시 깜짝 놀란 호랑이는 얼른 한쪽으로 몸을 숨긴 채 두려움에 떨며 말했다.

"오늘 아침에도 당신들 아버지한테 당했단 말이에요. 제발 이번 한 번만은 봐주세요."

그런데 이때 때마침 큰 바람이 불어왔고, 밤송이들이 우수수 떨어졌다. 그러자 호랑이는 고슴도치같이 생긴 밤송이들이 자신을 쫓아오는 줄 알고 기겁을 하며 도망쳐 버렸다.

왜 힘센 호랑이가 한낱 고슴도치 따위에게 놀라서 도망가 버렸을까? 사실, 그 이유는 매우 간단하다. 바로 호랑이가 주도면밀하지 못했기 때문이다. 배가 고파 먹잇감을 가릴 처지가 못 됐던 호랑이는 눈앞에 위험이 닥친 줄도 모르고 무작정 고슴도치에게 달려들었다가 호되게 당하고 말았다. "배고픔은 최고의 미끼다"라는 속담이 있다. 이렇듯 엄청나게 굶주렸을 때는 음식만 보면 전혀 의심도 하지 않고 먹어 버린다.

옛날에는 추운 겨울이면 사냥꾼들이 공터에 먹이를 뿌려 놓고 기다렸다가 새가 달려들면 얼른 그물을 던져 새를 잡기도 했다. 이렇게 볼 때, 정말 배고픔은 최고의 미끼인 것 같다.

호랑이가 밤송이를 보고 놀라 도망친 주된 이유는 바로 경험으로부터 교훈을 얻었기 때문이다. 이미 고슴도치와 생김새가 비슷한 사물에 공포 심리가 생겨 가시만 봐도 소스라치게 떨게 되는 것이다. 한번 좌절을 당하면 그만큼 현명해지는 법이다. '자라 보고 놀란 가슴 솥뚜껑 보고 놀란다' 고 하지 않았던가? 사람은 누구나 자신이 보고 놀란 대상에 두려움을 갖는 심리적 약점을 가지는데, 이를 극복하기는 매우 어려운 일이다.

각종 체육대회에서 자주 볼 수 있듯이 아무리 실력이 우수한 선수라도 상대방에게 엄청난 공격을 한번 당하고 나면 경기를 잘 풀어 나가지 못한다. 또한 아무리 많은 대회에서 우승을 차지했어도 과거에 자신을 이겼던 선수를 만나게 되면 또다시 참패를 당하기도 한다.

다른 사람과 경쟁할 때는 반드시 먼저 심리 싸움에서 이겨야 한다. 이것이 바로 승패를 결정짓는 관건이다.

또한 상대방에게 졌더라도 다시 마음을 가다듬고 공포심을 극복해야 한다. 공포감과 실패감에서 얼마나 벗어나느냐가 같은 상대에게 도전하여 우승을 차지할 수 있는지를 판가름한다.

심리 싸움에서 우위를 차지할 수 있는 비법은 다음과 같다.

1. 실력을 키워라. 스스로 실력이 뛰어나 상대방을 이길 수 있다는 강한 믿음이 생기면 실전에서 당황하지 않고 차분하게 일을 이끌어 갈 수 있다.
2. 상대방의 실력을 관찰하라. 상대방의 약점을 알고 구체적인 계획을 세워야 한다. 지피지기면 백전백승이라고 하지 않았던가.
3. 대중의 여론을 이용하라. 자신의 영향력을 행사해 상대방을 압박하라.
4. 득과 실에 너무 연연해 하지 말고 스트레스를 줄여라.

공포심과 좌절에서 벗어나기 위한 비법은 다음과 같다.

1. 실패의 원인을 분석하라. 이는 상대 선수에게 다시 도전하여 승리를 차지하는 데 매우 중요한 역할을 한다.
2. 부끄러워하지 말고 용기를 내라. 자신을 부끄러워할 사람은 자신밖에 없다.
3. 상대방, 특히 그의 약점을 연구하라.
4. 실패를 두려워하지 말라. 오늘의 실패는 내일의 승리를 위한 준비일 뿐이다. 어떤 일이건 실패 없이는 성공도 없다. 이 영구불변의 진리를 기억하자.

명언 한마디

겁쟁이는 죽기 전에 이미 수차례에 걸쳐 죽음의 공포를 경험한다.

— 시저(Gaius Julius Caesar, 로마 제국의 정치가-옮긴이)

17 | 자살하려다가 다시 자신감을 찾은 사람

| 영웅의 품성은 자신감의 기본이다 |

자신의 삶을 극도로 비관하던 젊은이가 자살을 하려고 바닷가의 절벽을 찾았다. 그는 몇 차례나 거센 파도를 향해 뛰어내리려고 했지만 실제로 그렇게 하지는 못했다. 다시 고향으로 돌아간 그는 친구에게 말했다.

"세상에는 정말로 내가 없으면 안 돼. 내 말을 못 믿겠으면 한 번 바닷가 절벽에서 뛰어내려 보라고."

사람의 마음속에는 저마다 자신감이 숨어 있다. 자신감에는 거대한 힘이 있어 가끔 기적 같은 일을 만들기도 한다. 자신감은 인생 최고의 값진 보물 중 하나다. 그래서 아무리 절망 속에 있어도 스스로 삶을 마감하겠다는 생각 따위는 하지 않고 오히려 용기를 내어 각종 어려움을 이겨 내게 만든다. 자신감을 잃었다는 것은 대단히 슬픈 일이다. 마치 자신의 인생 문이 모두 닫혀져 있다는 생각이 들게 하기 때문이다. 그래서 희망의 빛과 미래를 보지 못하고 모든 신념을 꺾어 버린다.

한 보험회사의 사장은 전 직원이 출근 전 5분간 거울 앞에 서서 이런 말을 할 것을 요구했다.

"나는 최고의 보험설계사다. 오늘도 그럴 것이고 내일도 그럴 것이고 앞으로도 계속 그럴 것이다."

또한 직원의 배우자들에게는 남편 또는 아내가 출근할 때 이런 말로 배웅해 달라고 부탁했다.

"당신은 최고의 보험설계사예요. 오늘도 최고의 실력을 보여 주세요."

이로써 전 직원의 실적은 눈에 띄게 향상되었다.

자신감을 잃은 인생은 의미가 없다. 스스로 능력이 없고 복 없이 태어났다고 믿는 사람은 이미 정신적으로 실패한 사람이다. 실패를 하지 않기 위해서는 낙관적으로 세상을 바라봐야 한다.

"난 복을 타고 태어났어! 그래서 어떤 일이건 다 잘될 거야."

이렇게 자신감 있게 자신을 격려하도록 하자. 성공하기 위해서는 반드시 자신감 있는 신념이 필요하다.

누군가는 이렇게 말했다.

"신념이 있으면 사업을 성공시킬 수 있다. 사업상 어떤 모험을 하더라도 반드시 성공할 것이다."

성공을 보장하는 것은 지식도, 교양도, 훈련도, 돈도 아니다. 바로 신념이다. 때문에 인생을 두려워할 필요가 없고 운명은 내 손바닥 안에 있다고 믿어야 한다. 그래야 인생을 더욱 활기차고 즐겁게 살 수 있다.

우리 모두는 성공하기 위해서 태어났고 대단한 사람이 되기 위해서 존재한다. 자신의 위대한 삶을 위해서 절대로 자신감을 잃지 말자!

명언 한마디

삼군(三軍)은 대장을 잃어도 되지만 평범한 사람은 의지를 잃어버려선 안 된다.

— 공자(孔子, 중국 노나라의 사상가로 유교의 '인(仁)'을 강조했다-옮긴이)

18 | 실패로부터 배운 교훈

| 불은 금을 시험하고, 역경은 강한 사람을 시험한다 |

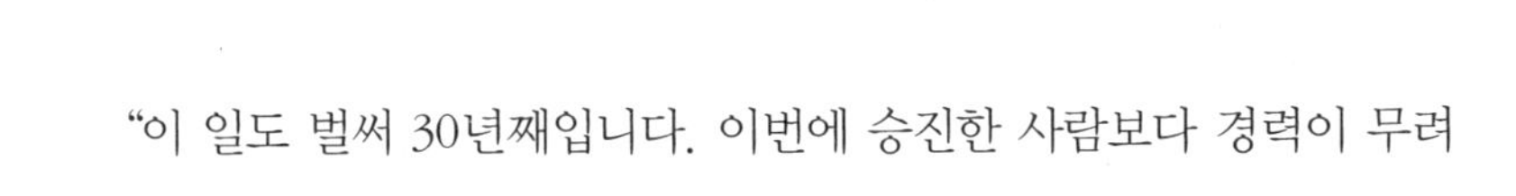

"이 일도 벌써 30년째입니다. 이번에 승진한 사람보다 경력이 무려 20년이나 더 많다고요."

승진에 실패한 직원이 투덜대자 사장이 말했다.

"아니네. 자네의 경험은 1년 치밖에 안 돼. 매번 같은 실수를 하면서도 전혀 교훈을 얻지 못하지. 여전히 처음 일을 시작했을 때와 같은 실수를 하고 말이야."

실패로부터 교훈을 얻어 내지 못한 대가가 이렇게 클 줄이야! 작은 실수에서도 분명 배울 점이 있었던 것이다.

한 젊은 조수가 에디슨(Thomas Alva Edison, 미국의 발명가로 전구를 포함한 천여 가지의 발명을 했다-옮긴이)에게 말했다.

"너무나 많은 시간을 낭비했어요. 벌써 이만 번이나 실험을 했지만 아직도 백열등의 필라멘트로 어떤 재료를 써야 하는지 모르지 않습니까?"

그러자 에디슨이 대답했다.

"아니지. 우리 실험에는 그동안 큰 발전이 있었다고. 적어도 우리가 실험한 이만 가지의 재료로는 필라멘트를 만들 수 없지 않은가."

실패로부터 교훈을 얻은 에디슨은 훗날 텅스텐 필라멘트를 발견하여 역사에 길이 남을 전구를 발명했다.

실수가 우리에게 손해를 입히는 정도는 실수 자체가 아니라 실수한 사람의 태도에 달려 있다. 실패로부터 교훈을 얻은 사람은 최소한의 손해만 입는다.

누군가는 말했다.

"실패는 낙심하고 의기소침해지는 이유가 아닌 신선한 자극이 되어야 한다. 물론 평생의 한을 남길 만큼 막대한 영향을 끼치는 한 번의 실수도 있긴 하다. 하지만 '실패는 성공의 어머니'라고 하지 않았던가. 실패와 좌절 없이는 위대한 일도 이룰 수가 없다."

현명한 사람은 실패로부터 교훈을 얻는다. 하지만 그렇지 않은 사람은 매번 같은 실수를 하면서도 아무런 경험을 얻지 못한다.

명언 한마디

철은 뜨거운 불에 달구어졌다가 다시 식히기를 반복하며 만들어진다.
그래서 매우 견고하고 두려울 것도 없다.
– 오스트로프스키(Aleksandr Nikolaevich Ostrovskii, 러시아의 극작가—옮긴이)

19 점술사의 대답

[경계는 인생의 아버지다]

앞일을 정확하게 예언하여 국왕의 권력까지 위협하는 점술사가 있었다. 국왕은 궁리 끝에 점술사를 곤경에 처하게 만들 좋은 생각을 해냈다. 어느 날 저녁, 국왕은 점술사를 궁으로 불러들였다. 하지만 여기에는 엄청난 계략이 숨어 있었는데, 바로 점술사가 나타났을 때 국왕이 암호를 보내면 근처에 매복해 있던 병사들이 점술사를 죽이는 것이다.

잠시 후, 점술사가 국왕을 알현했다. 국왕은 암호를 보내기 전 점술사에게 최후의 질문을 던졌다.

"다른 사람의 운명을 잘 맞춘다고 들었다. 그렇다면 자네 자신은 얼마나 더 오랫동안 살 수 있을 것 같은가?"

그러자 점술사가 대답했다.

"폐하가 폐위하기 3일 전에 죽습니다."

과연 국왕이 점술사를 죽였을까? 당연히 죽이지 않았다.

이 이야기의 결말은 이렇다. 국왕은 점술사의 목숨을 살려 주었을 뿐만 아니라 평생 동안 보호하고 상을 내렸으며 용하다는 의사를 불러 그의 건강을 일일이 보살펴 주었다. 결국 점술사는 국왕보다 몇 년을 더 오래 살았다. 비록 그의 예언은 틀린 셈이지만 그에게 권리를 장악하는 대단한 능력이 있었음을 알 수 있다.

현명한 사람은 늘 다른 사람들이 필요로 한다. 이는 일상생활과 직장에서도 마찬가지다. 따라서 누군가가 자신의 자리를 대신하지 않도록 끊임없이 자기 자신을 개발해야 한다.

명언 한마디

울타리에서 노는 참새가 어찌 백조의 뜻을 알겠는가.

– 조식(曹植, 중국 위나라의 뛰어난 시인으로 조조가 가장 아꼈던 아들이기도 하다–옮긴이)

20 | 가장 뚱뚱한 사람 빠트리기

| 죽음은 귀천을 가리지 않고 찾아온다 |

한 신문사가 신문에 다음과 같은 어려운 질문을 냈다.

인류를 위해 공헌한 시저(Gaius Julius Caesar), 셰익스피어(William Shakespeare), 콜럼버스(Christopher Columbus)가 한 배에 탔다. 그런데 불행히도 이들은 폭풍우를 만나 셋 중에 한 명을 바다에 빠트려야만 나머지 두 사람이 안전해질 수 있다. 그렇다면 세 사람 가운데 누가 희생되어야 할까?

신문이 발행된 이후 전국 방방곡곡에서 답변이 도착했다. 하나같이 세 사람의 위대한 공적을 거론하며 마땅히 누가 희생되어야만 한다고 자신의 의견을 내놓았다. 하지만 판정단이 뽑은 일등 답안의 주인공은 뜻밖에도 열 살짜리 꼬마였다. 그 아이의 답안은 이러했다.

"가장 뚱뚱한 사람을 바다에 빠트려야 돼요."

같은 문제가 주어진다면 당신은 어떻게 답하겠는가?

아마 자신의 관점을 설득시키고자 대단한 설전을 벌일지도 모른다. 예컨대, 시저를 빠트리면 안 된다고 생각하는 사람은 이렇게 말할 것이다.

"시저가 얼마나 위대한 사람인가? 그는 로마 제국 시대를 연 인물이다. 그의 공적은 후세에도 빛날 만큼 대단하다."

셰익스피어를 빠트리면 안 된다고 말하는 사람도 있을 것이다.

"만약 그의 희극이 없었다면 우리의 삶이 얼마나 무미건조하겠는가!"

또한 콜럼버스를 빠트리면 안 된다고 말하는 사람도 있을 것이다. 그가 없었다년 오늘날 아메리카 대륙도 없었을 것이기 때문이다.

모두 틀린 대답은 아니다. 그런 위험한 상황에서는 누군가가 바다에 빠지지 않으면 틀림없이 배가 침몰할 것이기 때문이다.

물론 다른 의견도 있을 수 있다. 세 사람 다 안전하게 살 수 없다면 차라리 다 같이 침몰하는 배에 남아 있어야 한다는 것이다. 보나마나 뽑히지 못할 대답이지만 말이다.

세 사람 가운데 과연 누가 바다에 빠져야 하는지 결론짓기는 힘들다. 하지만 꼬마의 의견이 가장 간단하고 직접적이며 정확한 것만은 사실이다. 위험한 상황에서 배의 안전을 책임질 수 있는 첫 번째 판단 기준이 될 수 있기 때문이다.

사람은 자라면서 각양각색의 영향을 받아 점점 더 객관적인 판단을 내리기가 힘들어진다. 따라서 우리는 다양한 영향에서 벗어나 사물에 대한 객관적인 판단을 내릴 수 있도록 노력해야 한다.

명언 한마디

이성은 마음보다 믿을 만하고 사상은 감정보다 믿을 만하다.

– 고리키

학습의 신조

인생의 주된 임무는 바로 자신을 만드는 것이다

독서는 사람을 충실하게 만들고 말을 잘하는 것은 사람을 민첩하게 만든다.
글쓰기와 기록은 사람을 정확하게 만들고 역사적인 검증은 사람을 현명하게 만든다.
노래와 시는 사람을 감성적으로 만들고 수학은 사람을 세심하게 만든다.
박물학은 사람을 깊이 있게 만들고 논리학은 사람을 정중하게 만든다.
논리와 수사(修辭, 말이나 글을 다듬고 꾸며서 보다 아름답고 정연하게 하는 일 또는 기술–옮긴이)는 사람이 변론을 잘하게 만든다.

| 베이컨(Roger Bacon, 영국의 중세 신학자이자 철학자–옮긴이)

21 | 다른 사람의 소를 세는 사람

| 여러 가지를 다 얻으려고 하면 모두 잃고 만다 |

소를 많이 기르는 사람이 있었다. 그러던 어느 날, 그는 소를 방목하다가 다른 사람의 소를 보고는 자신의 소 떼를 돌보지 않은 채 무심코 다른 사람 소의 숫자를 세기 시작했다. 결국 그의 소들은 모두 도망가 버리고 말았다.

사람은 누구나 자신이 가지지 못한 물건을 다른 사람이 가지고 있는 것을 보면 부러운 나머지 탐을 내게 된다.

이를 가리켜 사람들은 '탐욕'이라고 말한다. 단테(Alighieri Dante, 13세기 이탈리아의 시인이자 신앙인으로 문예 부흥을 이끌었다-옮긴이)의 《신곡》에 보면 탐욕을 부린 사람은 하느님이 지옥에 보내 영원히 승천하지 못하게 한다고 했다. 사람에게는 누구나 다른 사람의 것을 자신의 것으로 만들고 싶어하고, 자신의 것이 되고 나면 더 많은 것을 가지고 싫어하는 약점이 있다. 돈을 예로 들어 보자. 과연 자신이 너무 많은 돈을 갖고 있다고 생각하는 사람이 있을까?

위 이야기가 알려 주는 바는 이렇다. 자신의 일을 열심히 하자. 다른 사람의 물건은 다른 사람의 것이니 자신의 것으로 만들려는 생각을 하지 말자!

명언 한마디

대가를 치르지 않고 행복을 얻으려고 한다면 그것은 신화다.

– 쉬터리(徐特立, 중국의 교육가–옮긴이)

22 | 1과 100

| 끝이 좋으면 다 좋은 것이다 |

백 마리의 소를 키우는 농부가 있었다. 어느 날, 그는 소 떼를 이끌고 들판으로 나갔다. 그런데 불행히도 그만 소 한 마리가 호랑이에게 잡아먹히고 말았다. 농부는 생각했다.

'이렇게 소 한 마리를 잃고 말다니. 더 이상 백 마리가 아니잖아. 그렇다면 나머지 저 소들을 키운들 무슨 소용이 있겠어?'

결국 농부는 나머지 아흔아홉 마리의 소를 이끌고 높은 절벽으로 올라가 모두 밀어 버리고 말았다. 물론 살아남은 소는 한 마리도 없었다.

완벽주의자였던 농부, 그가 완벽을 추구한 것이 틀린 것은 아니다.

그러나 농부의 논리가 얼마나 어리석은가! 만약 교사가 학생들을 인솔하여 소풍을 갔다가 학생 한 명을 잃어버리면 나머지 학생들도 마저 잃어버려야 한다는 소리인가?

농부는 나머지 아흔아홉 마리의 소를 절벽에서 떠밀 것이 아니라 마땅히 지키기 위한 대책을 세워야 했다. 그러지 않고 기존의 사고방식을 고수한다면 앞으로 더 큰 손해를 입고 말 것이다. 만약 어느 날 농부의 손톱 하나가 빠진다면 나머지 아홉 손가락의 손톱도 모두 뽑아낼 것인가?

완벽을 추구하는 것이 나쁜 일은 아니다. 오히려 격려할 만하다. 공부할 때 더 좋은 성적을 받으려고 노력할수록 실력은 나날이 향상되지 않던가.

완벽하다는 것은 이미 높은 경지에 달했다는 뜻이다. 그러나 사실 이는 매우 어려운 일로 세상일에는 이런저런 후회가 남기 마련이며 모든 일이 다 완벽할 수는 없다. 목표치에 숫자나 사물을 채움으로써 완벽을 추구하려고 하지 말자. 보다 더 완벽해지려는 노력 그 자체를 즐기도록 하자!

명언 한마디

모두가 일등일 수는 없다.

– 풀러(Sarah Margaret Fuller, 미국의 여류평론가이자 여권운동가–옮긴이)

23 | 건물 짓기

| 기초가 튼튼하지 않고서는 좋은 건물을 지을 수 없다 |

한 부자가 있었다. 그는 다른 부자가 화려한 외관을 자랑하는 3층짜리 건물을 짓는 것을 보고는 본인도 한 채 짓고 싶다는 생각을 했다. 그래서 그는 그 건물의 설계자를 찾아가 말했다.

"이 건물, 특히나 3층의 외관이 너무 아름다운데 나를 위해 3층만 만들어 주면 안 되겠소?"

그러자 설계자가 대답했다.

"어떻게 그럴 수 있겠어요. 1, 2층 없이 어떻게 바로 3층을 지을 수 있습니까?"

기초는 이렇게 중요한 것이다. 그렇다면 기초란 무엇인가? 그것은 바로 나중을 위한 준비 작업이요, 서비스다. 기초가 없는 것은 한 곳에 뿌리내리지 못하고 정처 없이 떠도는 것과 같다.

1, 2층 없이 어떻게 바로 3층을 지을 수 있냐는 설계자의 말은 틀리지 않다. 그런데 부자는 정말 그 진리를 몰랐던 것일까? 숫자를 셀 때만 해도 알 수 있는 간단한 진리인데 말이다.

이와 비슷한 이야기가 또 있다. 어떤 사람이 빵을 세 개나 먹고 났더니 그제야 배가 불렀다. 그런데 갑자기 자신이 참 바보 같다는 생각이 들었다. 빵을 세 개씩이나 먹고 나서야 배가 부르다니, 그렇다면 애초에 세 번째 빵부터 먹었으면 되지 않았는가! 그랬으면 빵 두 개를 절약할 수 있었을 텐데……. 아마 그는 먼저 빵을 두 개나 먹었기 때문에 세 번째 빵을 먹고 배가 부르다는 사실을 몰랐던 것 같다.

높은 건물을 지으려면 기초를 튼튼히 쌓아야 한다. 한 번에 바로 높게 지을 수는 없다. 좋은 경치를 내려다볼 수 있는 건물의 최고층 밑에는 다른 층들이 쌓여 있다. 그런 아래층들이 없다면 최고층은 그저 1층에 불과하다.

1, 2층 없이 바로 3층을 만들려는 것은 현실에 맞지 않는 공상일 뿐이다. 이는 성공한 사람의 배후에 많은 노력과 다른 사람들의 지지가 있는 것과 마찬가지다. 튼튼한 기초 없이 요행을 바란다면 바로 무너지고 말 것이다.

뭐든지 급하게 성공하려고 해서는 안 된다. 보다 많은 준비를 해서 실패의 가능성을 줄여 나가자.

내가 다른 사람보다 멀리 보았다면
그것은 내가 거인의 어깨 위에 서 있었기 때문이다.

– 뉴턴(Isaac Newton, 영국의 물리학자이자 수학자로
운동의 법칙, 만유인력의 법칙, 냉각 법칙 등의 체계를 확립했다-옮긴이)

24 항해하는 방법을 잘 아는 사람

| 나쁜 날씨는 좋은 선원을 알게 해 준다 |

어떤 상인의 아들이 다른 상인들을 따라 해외에 가려고 배를 탔다. 배 안에서 상인의 아들은 마치 자신이 1등 항해사인 양 다른 사람들에게 항해에 필요한 갖가지 방법들을 매우 유창하게 설명해 주었다.

그런데 폭풍우가 몰아닥치던 어느 날, 그만 선장이 병에 걸려 죽고 말았다. 그러자 사람들은 상인의 아들을 선장으로 추천했다. 선장이 된 상인의 아들은 선원들에게 폭풍우를 피할 수 있는 방법에 대해 이런저런 지시를 내렸다. 하지만 그가 아는 방법들은 근본적으로 틀린 것이었다. 결국 배는 거대한 파도에 침몰하고 말았다.

이 이야기는 논리와 실천의 관계에 대해서 말하고 있다.

이야기 속 상인의 아들은 헛소리만 늘어놓는 논리가에 지나지 않는다. 비록 항해에 관한 많은 책을 봤지만 실전 경험이 없는 그의 지식은 구체적으로 응용될 때 아무 소용이 없었다. 배 안의 모든 사람들의 생명을 이런 공론가에게 맡겼는데 어떻게 배가 침몰하지 않을 수 있겠는가. 책 속에는 빈약한 지식도 많기 때문에 반드시 실천해 봐야만 자기 것이 될 수 있다.

이른바 실천이란 책 속의 지식을 구체적으로 응용하는 것을 말한다. 마찬가지로 실천하려면 논리가 필요하다. 그렇지 않으면 아무리 실천한들 결과를 얻을 수 없다. 논리는 실천에 대한 구체적인 결과요, 실천은 논리가 존재할 수 있는 기초다. 논리는 실천을 해야 하는 구체적인 의미가 되고, 실천은 논리를 완성시켜 준다. 그래서 논리와 실천은 따로 분리해서 말할 수 없다.

가끔 하는 말마다 모두 논리에 딱딱 들어맞는 사람을 만나게 되는데 이럴 땐 반드시 그 사람의 말을 집중해서 들어야 한다. 그렇지 않으면 그의 유수와 같은 말에 기존의 생각이 흔들릴 수 있다.

만약 많은 지식을 알고 있는 사람이라면 반드시 그동안 배운 논리와 구체적인 실천 경험을 종합해야만 한다. 그래야 지식이 튼튼한 기초로 뿌리내릴 수 있다.

물론 논리가 중요하지 않다는 뜻이 아니다. 교양을 높이는 데 논리는 매우 중요한 의미를 가지므로 이를 간과해서는 안 된다. 어느 업종이든 간에 기회는 늘 실전 경험이 있는 논리적인 사람에게 찾아온다.

논리와 실전 경험을 겸비하도록 하자! 그래야만 치열한 경쟁 사회에서 굳건히 자리를 잡고 성공을 향해 나아갈 수 있다.

명언 한마디

경험은 하늘에서 저절로 떨어지지 않고 실천을 통해서만 얻을 수 있다.

– 헉슬리(Aldous Leonard Huxley, 영국의 소설가이자 평론가–옮긴이)

25 예의와 거짓말

| 예의의 비밀은 거짓말을 하지 못한다 |

한 아버지가 아들에게 말했다.

"잭, 이 중에 어떤 사과를 갖고 싶니?"

잭이 대답했다.

"당연히 제일 큰 사과죠."

다시 아버지가 말했다.

"나이를 그만큼 먹었으면 예의를 알아야지. 이럴 땐 작은 걸 네가 갖고 큰 걸 동생한테 양보하는 게 맞는 거야."

그러자 잭이 말했다.

"하지만 거짓말을 하지 않는 게 예의 아닌가요?"

아버지는 할 말을 잃고 말았다.

어려서부터 우리는 이런 말을 정말 많이 듣고 자랐다.

"거짓말하지 않고 정직해야 착한 사람이에요."

조금씩 자라면서 알게 되는 사실이지만 다른 사람들의 존경을 받는 사람들도 때로 거짓말을 한다. 원래 성공한 인사들의 세계가 이렇게 가식적이란 말인가! 그래서 이런 생각이 들고 나면 무엇이 옳은 것이고 무엇을 따라야 하는지 헷갈려 심지어는 어른들에게 속았다는 느낌마저 든다.

시대가 급속히 발전하면서 인간의 물질적인 욕망도 무한히 팽창되고 있다. 가식적인 분위기가 팽배하는가 하면 정직한 분위기는 상대적으로 움츠러들고 있다. 다음 세대들에게 물려줄 전통 미덕에도 심각한 변화가 일고 있다.

아이를 교육할 때 부모가 흔히 하는 "정직함은 일종의 미덕이다"라는 말은 이치에 맞는 말임에 틀림없다. 하지만 그렇게 말하는 부모는 어떠한가? 본인들도 종종 정직한 품성을 속일 때가 있지 않은가. 이야기 속 잭의 아버지가 마지막에 더 이상 아무 말도 할 수 없었다는 점에서 우리는 그의 교육이 철저히 실패했음을 알 수 있다.

이와 관련해서 갑자기 떠오른 이야기가 있다.

아버지가 아들에게 말했다.

"거짓말을 해선 안 돼. 그건 너무 창피한 짓이야."

아들이 대답했다.

"알았어요. 절대로 거짓말하지 않을게요."

이때 누군가 밖에서 문을 두드렸다.

그러자 아버지가 아들에게 말했다.

"누군지 보고 아빠 찾으러 왔으면 아빠 없다고 말해라. 알았지?"

한번 생각해 보라. 거짓말을 하지 말라고 해 놓고 지금에 와서는 있는 사람을 없다고 말하라는데 더 이상 아들이 아빠를 믿을 수 있겠는가?

성장은 세상을 알아 가는 과정이다. 어릴 적 간직했던 아름다운 소망들은 자라면서 점차 냉혹하고 잔인한 세상의 현실에 물들어 어느새 잊히게 된다. 뿐만 아니라 다른 사람의 가식을 보고 배우고 그들을 속이는 법도 보고 배운다. 이렇게 어린 시절의 천진함은 점차 어른의 세계에 와서 빛을 바래고 만다.

아이들을 교육할 때는 백 마디 말보다 행동으로 솔선수범을 보여야 한다. 진정으로 정직한 사람은 말로만 정직함을 강조하는 사람보다 더 많은 사람들의 존경을 받을 수밖에 없다. 솔선수범만큼 무한한 교육의 힘을 가진 것은 없기 때문이다.

명언 한마디

속이는 행동을 하지 말라.
생각함에 거짓이 없고 정당하면 어떤 말을 해도 모두 어긋남이 없다.
– 프랭클린(Benjamin Franklin, 미국의 정치가이자 과학자로 피뢰침을 발명했다–옮긴이)

26 | 농부의 당나귀

| 어려움을 직시하고 용감히 헤쳐 나가면 어려움은 곧 사라질 것이다. 이것이 바로 나의 평생의 인생철학이다 |

어느 날, 한 농부의 당나귀가 발을 헛디뎌 물이 다 말라 버린 우물에 빠지고 말았다. 농부는 갖은 꾀를 다 내어 당나귀를 구하려 했지만 몇 시간이 지나도록 좋은 생각이 떠오르지 않았다. 결국 농부는 마른 우물에 빠져 고통스러워 하는 당나귀를 포기하기로 했다. 어차피 당나귀의 나이도 많은데 괜한 고생을 해 가며 구할 필요가 없다고 생각했던 것이다. 하지만 어쨌든 마른 우물은 메우는 편이 나을 것 같았다. 그래서 농부는 이웃들에게 우물에 빠진 당나귀가 더 이상 고통스럽지 않게 같이 묻어 달라고 도움을 청했다. 농부의 이웃들은 저마다 삽을 하나씩 들고와 흙을 우물에 퍼 넣기 시작했다.

농부의 조치에 우물 안에 있던 당나귀는 자신의 처지를 슬퍼하며 울기 시작했다. 하지만 어떻게 된 일인지 금방 울음을 멈추고는 곧 조용해졌다. 농부는 이를 이상하게 여겨 우물 안을 한번 들여다보았다. 그러고는 눈앞의 광경에 놀라움을 감추지 못했다. 위에서 사람들이 흙을 퍼 넣을 때마다 당나귀는 그 흙을 밟고 올라섰던 것이다. 이렇게 차차 우물 안에 쌓이는 흙을 밟고 당나귀는 우물 밖으로 나왔다. 그러고는 놀라서 멍하니 서 있는 농부와 그의 이웃들을 비웃으며 재빨리 도망쳐 버렸다.

이야기 속의 당나귀가 마른 우물에 빠진 것처럼, 살다 보면 인생의 함정에 빠져 머리 위로 흙이 우르르 쏟아지기도 한다. 하지만 이런 '마른 우물'에서 벗어날 수 있는 비결은 바로 머리 위로 떨어지는 '흙'을 밟고 일어서는 것이다!

사실, 인생 곳곳에서 만나게 되는 좌절과 어려움은 마른 우물에 퍼 넣은 '흙'과 같다. 하지만 달리 생각하면 그것은 우리가 밟고 일어설 수 있는 디딤돌이나 마찬가지다. 포기하지 않고 그 '흙'을 디딤돌 삼아 밟고 일어서면 아무리 깊은 우물에 빠지더라도 유유히 빠져나올 수 있다. 따라서 우리는 부단히 자신감을 고취시키고 희망을 품어야 한다. 이는 인생의 마른 우물에서 벗어날 수 있는 도구가 될 것이다.

명언 한마디

위기에 처한 사람에게 고하노라.
에너지를 위험하고 어려운 상황이 아닌 기회에 집중하라.
위기와 기회는 반드시 공존한다.

– 카를로 고치(Carlo Gozzi, 18세기 이탈리아의 극작가–옮긴이)

27 농부의 친구

| 하늘이 무너져도 솟아날 구멍이 있다 |

한 농부가 눈병에 걸려 몹시 아파하고 있자 그의 친구가 말했다.

"많이 아픈가?"

농부가 대답했다.

"그걸 말이라고 해? 아파 죽겠단 말이야."

그러자 친구가 곰곰이 생각하더니 말했다.

"자넬 보니 눈이 있는 한 언젠간 나도 아프겠군. 그럴 바엔 아예 빼버리는 게 낫지. 그러면 안 아플 것 아닌가."

결국 농부의 친구는 집에 돌아가 자신의 눈을 빼내고야 말았다. 물론 그 뒤로 더 큰 고통을 겪어야만 했다.

농부가 눈병에 걸려 아파하자 그의 친구는 자신은 눈병에 걸리지 않겠다며 스스로 자신의 눈을 빼내 고통을 자초하고야 말았다. 이 얼마나 어리석인 짓이란 말인가! 실명의 슬픔을 눈병의 고통에 비할 수 있으랴!

농부의 친구는 바보임에 틀림없다. 하지만 우리 주변에는 쓸데없는 생각에 괜히 고민하는 사람들이 많이 있다. 지진이 일어나면 드디어 지구에 종말이 오는 것이라며 소란을 피우고 과민 반응을 보이는 것처럼 말이다.

사람에게는 누구나 자신이 걸어가야 할 각자의 길이 있다. 따라서 언제 찾아올지도 모를 불행과 고난 때문에 미리 걱정할 필요는 없다. 인생을 살다 보면 어차피 수많은 풍파를 만나게 된다.

옛말에 "복(福)이면 화(禍, 모든 재앙과 모질고 사나운 운수-옮긴이)가 아니고 화(禍)는 피하려고 해도 피하지 못한다"라는 말이 있다. 그만큼 사람의 앞일은 예측하기 힘들다. 어차피 화(禍)를 피할 수 없다면 평화로운 마음으로 담담하게 살아가자.

명언 한마디

자아조절은 최강자의 본능이다.

– 버나드 쇼(George Bernard Shaw, 영국의 극작가이자 소설가-옮긴이)

28 | 고기를 못 먹은 여우

| 오랫동안 찾은 것은 언젠가는 찾게 된다 |

배고픈 여우가 한 농부의 정원에 몰래 들어왔다가 때마침 농부가 나무에 걸어 놓은 양고기를 보았다. 주변에 사람이 있나 없나 몰래 살핀 여우는 군침을 삼키며 반드시 저 양고기를 먹고 말겠다고 다짐했다. 그는 양고기가 매달려 있는 나무 아래로 슬금슬금 다가가 고기를 먹을 수 있게끔 힘껏 뛰었다. 하지만 고깃덩어리가 워낙 높은 곳에 매달려 있어 여우는 번번이 고기 맛을 보는 데 실패하고 말았다. 여우는 다시 한 번 기운을 내 최후의 점프를 했다. 하지만 이번에도 먹지 못했다. 어쩔 수 없이 여우는 자신을 위로하며 말했다.

"아쉽지만 어쩌하겠어. 방법이 없는데. 그리고 고기 냄새가 왜 그렇게 고약하다니? 분명히 먹으면 배탈이 날 거야."

그러고는 농부의 정원을 떠났다.

못 먹는 감 찔러나 본다고 사람들은 좋은 물건을 보고도 손에 넣을 수 없으면 종종 괜한 트집을 잡는다.

이야기 속의 여우처럼 우리는 가끔 어떤 목표를 위해서 열심히 노력하여 때로는 성공하고 때로는 실패한다. 그럴 때면 이런 고민을 하게 된다. 포기하고 돌아설 텐가, 아니면 더 좋은 방법을 생각할 것인가? 여우가 아무리 교활하다지만 그는 본능에 따라 행동하는 동물에 불과하다. 하지만 인간은 추상적인 생각을 하는 동물이기 때문에 어려운 처지에 놓이면 생각하여 해결 방법을 찾아낸다. 다만 한 가지 안타까운 점이라면 대부분의 사람들이 무턱대고 열심히만 할 뿐 잠재력을 발휘하지 않는다는 것이다. 번번이 같은 방법으로 실패한다면 이는 방법이 틀렸다는 뜻이니 마땅히 다른 방법을 찾아야 한다.

한번 내 자신을 돌아보자. 나는 실패했을 때 어떻게 했는가?

이 방법으로 수학 문제를 풀지 못했다면 다른 방법으로 다시 풀어 보았는가? 이력서를 낸 회사에서 아무런 연락이 없었을 때 다른 방법으로 기회를 만들어 보았는가?

몇 번의 노력에도 번번이 실패한다면 어떻게 해야 할까? 무기력하게 포기해야 할까, 아니면 스스로를 비웃으며 자신이 가지지 못한 것이 원래는 보잘것없는 것이라고 치부해야 할까? 그것도 아니라면 모든 것을 멈추고 다시 다른 방법을 생각해야 할까?

인간성의 숲에는 각양각색의 욕망이 숨어 있다. 하지만 그러한 욕망이 모두 만족될 수 있는 것들은 아니다. 여우가 농부의 정원에 매달려 있던 양고기를 아무리 먹으려고 노력해도 끝내 먹지 못했던 것처럼 인생에는 노력해도 성공하지 못할 때가 있다.

그렇다면 이런 상황에서는 어떻게 해야 할까? 여우는 양고기를 상한 고기라고 말하며 자신을 속이는 방법을 택했다. 이처럼 스스로 자신을 위로하는 방법은 서서히 약 기운을 퍼트리는 독약과도 같다. 그래서 잠시 동안은 현실을 잊고 마치 어려움에서 벗어난 듯한 착각에 빠지게 만든다. 하지만 실제로도 어려움에서 벗어났는가? 절대 그렇지 않다. 이럴 때일수록 우리에게 필요한 것은 자신을 속이는 것이 아니라 현실 문제를 해결할 좋은 방법을 찾고 효과적인 행동을 취하는 것이다.

일단 목표가 생기면 쉽게 포기하지 말자. 설령 목표가 실현되지 않더라도 스스로 변명 거리를 만들지 말자. 이는 자신에게 매우 무책임한 행동이다. 자신에게 좀 더 진지해지고 좀 더 수준 높은 것을 요구하자. 그러면 기대보다 더 큰 효과를 거둘 것이다.

명언 한마디

수영을 배우려면 반드시 물에 들어가야 한다.
– 레닌

29 | 부채로 냄비를 식힌 농부

| 오늘의 하루는 내일의 두 배 가치가 있다 |

한 농부가 집에서 삼계탕을 끓이는데 때마침 지주가 찾아왔다. 그는 기분 좋게 지주에게도 삼계탕 한 그릇을 대접하기로 했다. 그런데 데우는 과정에서 불이 너무 센 나머지 삼계탕이 펄펄 끓자 농부는 급한 마음에 부채를 집어 들어 냄비를 식히기 시작했다. 사실, 냄비를 식히기 위해서는 부채를 부칠 것이 아니라 불을 줄여야 하는데도 말이다.

아무리 농부가 부채질을 열심히 해도 불이 꺼지기 전에는 냄비를 식히기 힘들었을 것이다. 아마 그 시간이면 지주도 기다리다가 지쳐서 돌아갔을지 모른다.

당신도 노력한 것에 비해 터무니없는 결과를 얻은 적이 있는가?

평소에 열심히 공부하면서도 성적이 잘 안 나오는 사람이 있는가 하면 반대로 평소에는 놀기만 하는데 시험을 잘 보는 사람이 있다. 이는 바로 방법과 효율에 차이가 있기 때문이다.

많은 노력과 시간을 들였다고 해서 반드시 좋은 성적을 거두라는 법은 없다. 사실, 들인 시간과 노력이 반드시 효율과 비례하지는 않는다.

성공하는 사람은 효율을 중요시한다. 그래서 같은 상황에서도 더 많은 성과를 올릴 수 있다. 오늘날의 사회는 경쟁이 굉장히 치열하므로 효율을 향상시키는 문제는 굉장히 중요하다.

따라서 시간 분배와 시간의 활용에 주의해서 최단시간에 가장 높은 효율을 올릴 수 있도록 각종 방법을 생각해야 한다.

명언 한마디

효율이 없으면 경제도 없다.

— 디즈레일리(Benjamin Disraeli, 영국의 정치가로 재무장관과 총리를 역임했다—옮긴이)

30 | 10달러를 받기 위해 20달러를 쓴 상인

| 부자일수록 욕심이 많다 |

오래전, 한 상인이 누군가에게 10달러를 빌려 줬다. 그런데 오래도록 그가 돈을 갚지 않자 상인은 직접 찾아가 돈을 받아 내기로 결심했다. 상인은 20달러를 주고 마차 한 대를 빌려 돈을 빌려 간 사람의 집에 찾아갔다가 비어있어서 그냥 돌아오고 말았다. 10달러를 받기 위해 그는 20달러를 주고 마차 한 대를 빌린 것도 모자라 피곤하게 먼 길을 다녀와야 했다. 상인은 정말 수지맞지 않는 장사를 한 셈이다.

빌려 준 돈을 받기 위해 자신이 얼마를 지불해야 하는지 미리 계산해 보지 않은 이 사람을 성공한 상인이라고 할 수 있을까? 그는 10달러를 받으려고 20달러에 마차를 빌려 먼 길을 달려갔는데도 빌려 준 돈을 받기는커녕 피로감만 안고 집으로 돌아왔다.

어떤 일을 할 때는 그 일을 함으로써 무엇을 얻고 잃을지 사전에 고려해 봐야 한다.

만약 당신이 군사 지휘관이고 부하 한 명이 적군의 포로가 되었다고 가정해 보자. 포로가 된 부하를 구하기 위해서는 그를 구출하러 갈 팀을 짜야 한다. 하지만 잘못했다가는 구출하러 간 팀마저 적군의 포로가 될 수도 있다. 이런 상황에서 당신은 구조팀을 보내겠는가, 안 보내겠는가?

만약 어떤 행동을 할 때 얻는 것에 비해 더 많은 노력을 기울여야 한다면 꼭 그 행동을 해야만 하는지 잘 생각해 보자.

목적을 달성하기 위해서 한없이 대가를 치러서는 안 된다. 그렇지 않으면 얻는 것보다 손실이 더 클 것이다.

명언 한마디

많을수록 더 많이 바라게 된다. 군자가 많은 것을 바라고 부귀를 탐내는 것은 화를 자초하는 것이다.

– 사마 광(司馬光, 중국 북송의 정치가이자 사상가-옮긴이)

부지런함의 신조

성공은 우리에게 오지 않는다. 우리가 성공을 향해 가야 한다

떨어지는 물방울이 바위를 뚫는 것은
물방울의 힘이 세서가 아니다.
밤낮을 가리지 않고 바위 위로 떨어졌기 때문이다.
이처럼 끊임없이 노력하면 기술을 터득할 수 있다.
그래서 난 능력이 모자라도 좌절하지 않으면 목적을 이룰 수 있다는
사실을 확실하게 말할 수 있다.

| 베토벤(Ludwig van Beethoven, 빈고전파를 대표하는 독일의 작곡가로 영웅 교향곡과 운명 교향곡 등 불멸의 곡들을 작곡했다-옮긴이)

31 볶은 깨를 심은 농부

| 현명한 사람은 다른 사람의 실수에서 배우고 바보는 자신의 실수에서 배운다 |

한 농부가 날깨를 한 움큼 집어 먹어 봤더니 맛이 별로였다. 그래서 이번에는 깨를 볶아 봤는데 그 맛이 그렇게 기가 막힐 수가 없었다.

"깨를 볶아서 밭에 뿌리면 그 밭에서 나는 깨는 다 이렇게 고소하겠지?"

그해, 농부는 정말로 깨를 볶아서 밭에 뿌렸다. 물론 계절이 바뀌도록 깨밭에는 고개를 들고 나오는 싹조차 없었다.

문제를 생각할 때는 절대로 단편적인 현상만 보고 생각해서는 안 되며 반드시 사물의 본질을 따지며 깊이 생각해야 한다.

깨를 볶게 되면 그것의 본질에 변화가 생겨 씨앗으로서의 특징을 잃어버린다. 하지만 농부는 기존의 생각만 고수했다. 그러니 당연히 깨가 열릴 수 없었다.

모든 사물은 저마다의 특징이 있는데 이러한 특징은 일정한 조건 하에서만 보존된다. 예컨대 물은 100℃ 이하에서는 액체 상태지만 100℃를 넘어가면 기체로 변한다. 수증기 상태로 조건이 변한 것에 주의하지 않으면, 아무리 100℃가 넘는 물을 마시려고 해도 이는 불가능하다.

따라서 어떤 사물을 파악할 때는 반드시 그 사물의 본질이 보존될 수 있는 조건을 고려해 봐야 한다.

사물은 모두 변화한다. 오늘은 이런 모양이지만 내일은 또 어떤 모양으로 변할지 모를 일이다. 그래서 고정관념으로 사물을 대해서는 안 된다.

변화의 눈빛으로 사물을 대해야 농부와 같은 실수를 하지 않을 것이다.

명언 한마디

성장과 변화는 모든 생명의 법칙이다. 어제의 답안을 오늘의 문제에 적용해서는 안 되고 오늘의 방법으로는 내일의 요구를 만족시킬 수 없다.

– 루스벨트(Theodore Roosevelt, 미국의 제26대 대통령–옮긴이)

32 늪지대에 난 길

| 경험이 너무 많아도 위험하다 |

한 나그네가 길을 가다 보니 더 이상 길이 이어지지 않는 늪지대가 나왔다. 나그네는 주변을 살피며 스스로 길을 만드는 수밖에 없었다. 행여 위험할까 봐 그는 요리조리 폴짝폴짝 뛰며 조심스럽게 길을 만들어 나갔는데 그러다 보니 뜻밖에도 좁은 길이 나왔다. 더 이상 가슴 조리며 길을 만들지 않아도 되자 나그네는 안심이 되어 아예 마음 놓고 그 길을 따라갔다. 하지만 얼마 가지 못해 발을 헛디뎌 늪에 빠졌고 그는 그대로 밑으로 가라앉고 말았다.

며칠 후, 또 다른 사람이 그 늪지대에 나타났다. 그는 늪지대에 난 누군가의 발자국을 보며 생각했다.

'여기 발자국이 있다는 건 누군가 지나갔다는 뜻이니 이 발자국만 따라가면 되겠군.'

그는 아무런 의심도 하지 않고 태연히 발자국을 따라 걸어갔다. 하지만 그도 결국에는 늪지대로 가라앉고 말았다.

얼마 후, 세 번째 사람이 늪지대에 도착했다. 그는 앞서 지나간 두 사람의 발자국을 보고는 안심하고 길을 걸었다. 결국 그도 앞서 지나간 그들과 운명을 같이하게 되었다.

세상 사람들이 많이 지나간 길이라고 모두 평탄하고 안전한 것은 아니다. 예상치 못한 일이 생겨 함정에 빠질 수도 있다.

이 이야기는 우리에게 다른 사람의 경험에 너무 의존하지 말라는 메시지를 전해 주고 있다. 그들의 경험이 틀린 것일 수도 있으므로 자신의 관찰과 사고, 실천을 통해 정확하고 믿을 만한 인식을 쌓아야 한다. 만약 이야기 속의 두 번째 사람과 세 번째 사람이 조금이라도 앞사람의 발자국을 의심했더라면 어땠을까? 앞사람의 발자국을 따라가면서도 방심하지 않고 주변을 계속 살폈더라면 늪에 빠져 삶을 마감하는 일은 없었을 것이다. 따라서 우리는 다른 사람들의 경험을 분석할 줄도 알아야 한다.

많은 사람들이 지나간 길이라고 반드시 평탄하고 안전하다는 법은 없다. 자신의 길을 걷도록 하자!

명언 한마디

사회는 배와 같다. 그래서 모두가 언제든 배의 키를 잡을 준비를 해야 한다.

– 헨릭 입센(Henrik Johan Ibsen, 노르웨이의 극작가-옮긴이)

33 | 어리석은 농부

| 일하지 않는 자는 먹어서도 안 된다 |

어느 날, 어떤 사람이 농부에게 혹시 밭에 보리를 심지 않았냐고 묻자 농부가 대답했다.

"아니요. 비가 안 내릴까 봐 겁나서 안 심었습니다."

그 사람이 또 물었다.

"그럼 목화를 심었나요?"

농부가 대답했다.

"아니요. 벌레 먹을까 봐 그것도 못 심었어요."

그 사람이 다시 물었다.

"그럼 대체 이 밭에 뭘 심었나요?"

그러자 농부가 대답했다.

"아무것도 안 심었어요. 그게 제일 안전하죠."

모험이 두려운 나머지 아무것도 하지 않는 사람은 결국에는 농부처럼 아무것도 얻지 못하고 아무것도 될 수 없다. 이런 사람은 온통 걱정거리에 사로잡힌 나머지, 고생하지 않고 상처 받지 않기 위해서 스스로 자유를 잃은 노예가 되고 만다.

모험을 두려워하는 사람은 감히 웃지도 못한다. 자신이 바보 같아 보일까 봐 두렵기 때문이다. 그들은 감히 울지도 못한다. 다른 사람이 비웃을까 봐 두렵기 때문이다. 그들은 감히 다른 사람에게 도움의 손길도 뻗지 못한다. 괜한 모험에 연루될까 봐 두렵기 때문이다. 그들은 감히 감정을 표현하지도 못한다. 진실을 드러내는 모험이 두렵기 때문이다. 그들은 감히 사랑도 못한다. 버림받을까 봐 두렵기 때문이다. 그들은 감히 희망도 품지 못한다. 실망할까 봐 두렵기 때문이다. 그들은 감히 시도하지도 못한다. 실패할까 봐 두렵기 때문이다.

하지만 우리는 반드시 모험하는 법을 배워야 한다. 살면서 가장 위험한 것은 바로 아무런 모험도 하지 않는 것이다.

낙타는 사막에서 위험한 상황에 처하면 종종 눈 가리고 아웅 하는 식으로 머리를 모래 속에 파묻고 마음의 안정을 취한다. 사람도 마찬가지다. 피할 수 없는 일이 생겼을 때 어디론가 도피해서 마음의 위로를 받았으면 좋겠다는 생각을 한다. 하지만 그럴수록 피할 수 없는 일에 정면으로 맞서 보험을 해야 한다. 사실, 어려움과 모험은 서로 상대적이다. 어려움이 커지면 그만큼 모험을 두려워하게 되고 별다른 어려움이 없으면 모험심이 커진다. 그래도 우리가 기억해야 할 것은 바로 어려운 상황일수록 눈물만 흘리고 있을 시간이 없다는 것이다. 또한 위험한 상황일수록 망설일 시간이 없다. 위험이란 바로 성공의 가능성이 더 크다는 뜻이다!

명언 한마디

반드시 꿀벌처럼 많은 꽃에 날아다녀야 꿀을 만들 수 있다.
– 루쉰

34 | 고기가 떨어지길 바란 늑대

| 아침에 토끼 고기를 먹으려면 어제저녁에는 잡으러 갔어야 했다 |

어느 날, 고기를 무척 좋아하는 늑대가 나무 밑을 지나다가 고기처럼 생긴 나뭇잎을 발견했다. 늑대는 밤낮을 가리지 않고 오로지 그 나무 밑에 앉아 고기처럼 생긴 그 나뭇잎이 떨어지길 목이 빠지도록 기다렸다. 행여 다른 짐승이 먼저 먹게 되기라도 할까 봐 늑대는 한시도 나무 밑을 떠나지 않았다. 삼 일째 되던 날 아침, 늑대는 너무 굶주린 나머지 그만 죽고 말았다.

고기가 먹고 싶었던 늑대는 모든 희망을 허황된 꿈에 걸었다. 고기가 나무에 걸려 있는 것으로 잘못 판단하여 고기 모양을 한 나뭇잎이 떨어지길 하염없이 기다렸던 것이다. 결국 나무에서 '고기'는 떨어지지 않았고 늑대는 굶어 죽고 말았다.

결코 늑대에게 판단력이 없었던 것은 아니다. 단지 틀린 판단을 했을 뿐이다. 이를 통해 우리는 틀린 판단을 내렸을 때 얼마나 큰 손해를 보는지 알 수 있다.

사실, 고기가 먹고 싶었다면 늑대는 사냥을 갔어야 했다. 하지만 그는 힘들게 사냥을 하는 대신 요행을 바랐다.

어떤 일을 하건 반드시 정확하고 확실한 판단을 내려야 한다. 그렇다면 판단을 잘하는 방법은 무엇일까? 바로 깊이 생각한 다음 조심스럽게 다음 행동을 취하는 것이다. 그렇지 않으면 힘들게 고생해서 노력만 하고 정작 예상했던 목표를 실현하는 데는 실패할 수도 있다.

감나무 밑에 누워 홍시 떨어지기만을 바라지 말자! 뭐든지 얻기 위해서는 먼저 그에 상응하는 노력을 해야 한다. 요행을 바라다가는 결국 손해만 보게 된다.

명언 한마디

연못에 물고기가 많은 것을 부러워하지만 말고 차라리 그물을 만들어라.

– 반고(班固, 중국 후한의 역사가이자 문학가로 《한서》를 편집했다-옮긴이)

35 콩 심은 데 콩 난다

| 모든 것은 쓰임새에 맞게 쓰여야 한다 |

외국에서 수입해 들여온 과일을 얻은 두 사람이 있었다. 한 사람은 받자마자 그 자리에서 과일을 먹고 씨앗을 휙 던져 버렸다. 나머지 한 사람은 씨앗을 잘 챙겨 두었다가 비옥한 토지에 심어 이듬해에도 똑같은 과일을 맛있게 먹을 수 있었다.

이를 통해 우리는 일을 처리하는 태도에 따라 서로 다른 결과를 얻는다는 것을 알 수 있다.

두 번째 사람이 과일을 먹은 뒤 씨앗을 잘 챙겨 둔 것은 자신을 위해 기회를 남겨 둔 것이나 다름없다. 하지만 똑같이 기회가 주어진 상황에서도 첫 번째 사람은 그 기회를 잡지 못했다.

사실 위의 이야기는 두 번째 사람이 다 먹은 과일의 씨앗을 심어 이듬해에도 그 과일을 맛있게 먹을 수 있었다는 데에서 끝났다. 그런데 이 이야기를 끝까지 들려주자면 이렇다. 이듬해 그는 과일을 모두 수확했다. 그러고는 희소가치가 있는 그 과일을 시장에 내다 팔아 큰 부자가 되어 이후 여유로운 삶을 살았다. 이렇듯 일을 어떻게 처리하는가에 따라 결과는 사뭇 달라진다. 만약 첫 번째 사람이 두 번째 사람의 소식을 들었다면 분명히 땅을 치고 후회했을 것이다.

조상 대대로 겨울에 손이 얼지 않는 비법이 전해 내려오는 농가가 있었다. 우연히 이 소식을 전해 들은 한 상인은 곧장 그 농가로 찾아가 고가에 그 비법을 사들였다. 그리고 얼마 후, 나폴레옹이 병사들을 이끌고 전쟁터에 나갔다. 그런데 날씨가 너무 추워 손이 언 병사들이 제대로 싸우지 못하자 상인이 얼른 이 비법을 알려 줬고 그로 인해 나폴레옹은 대승을 거두었다. 이 일로 나폴레옹은 상인에게 큰 상을 내렸다. 물론 그가 비법을 사들일 때 치렀던 값과는 비교가 안 될 만큼 어마어마한 금액의 상이었다.

명언 한마디

노동을 하며 마음을 쓰는 것은 발명의 어머니다.
모든 일에 노동을 하며 마음을 쓰면 사물의 진리를 얻을 수 있다.
– 타오싱즈(陶行知, 중국의 교육학자-옮긴이)

36 | 자신의 방을 지은 목수

| 사람은 자기 운명의 주인이어야 한다 |

손재주가 뛰어난 목수가 남은 생을 가족과 함께 단란하게 보내기 위해 은퇴하고 싶다고 사장에게 말했다.

오랜 세월 같이 일했던 목수의 은퇴 선언에 사장은 많이 아쉬워하며 마지막으로 건물 한 채만 더 짓자고 제의했다. 목수는 어쩔 수 없이 사장의 제안을 받아들였지만 겉보기에도 그는 더 이상 건물을 지을 마음이 없어 보였다. 예전만큼 건물에 좋은 재료를 쓰지 않았던 것이다. 건물이 다 지어진 뒤 사장은 목수에게 열쇠를 건네며 말했다.

"여긴 자네 집이야. 그동안 고마웠네. 나의 작은 성의라고 생각하고 받아 주게."

목수는 놀란 입을 다물지 못했다. 그리고 자신의 행각이 부끄러워 어쩔 줄 몰랐다. 만약 그가 이 일을 예상했다면 건물을 대충 지었을까?

우리도 자신의 삶을 적극적이고 정성스럽게 이끌어 가지 않고 최선을 다하지 않은 채 성의 없이 살아가고 있지는 않을까? 가장 중요한 시기에 최선을 다하지 않았다가 곤경에 처하고 나서야 비로소 자신이 부실한 '건물' 을 지었다는 사실을 깨달으면서 말이다.

목수가 자신의 집을 지었다고 생각해 보자. 벽돌 한 장을 쌓고 기둥 하나를 세우더라도 심혈을 기울이며 가장 좋은 집을 지었을 것이다. 삶은 한 사람이 평생에 걸쳐 이뤄 내는 하나의 창조물이다. 시간이 지나면 다시 창조물을 만들 수 없다. 따라서 하루를 살더라도 아름답고 고귀하게 살아야 한다. 벽에 한 번 이런 글귀를 써서 붙여 보자. 삶은 내가 창조하는 것이다!

우리는 가끔 중요한 일이나 인물에 주의하지 않고 그것들을 쉽게 잊는다. 하지만 이런 부주의, 무책임, 비도덕적인 행동은 이후의 삶에 부정적인 영향을 끼쳐 나쁜 결과와 후회를 낳을 수 있다. 나중에 후회할 일을 만드느니 차라리 모든 일에 최선을 다하고 성실해지자!

명언 한마디

우리는 매일 운명을 창조한다는 사실을 잊은 채
운명이 우리에게 벌을 가하고 있다고만 말한다.

– 밀러(Henry Miller, 미국의 소설가-옮긴이)

37 원래부터 부자인 사람

| 한꺼번에 너무 많은 일을 하지 말라 |

늘 자신은 운이 나빠 돈을 많이 벌지 못한다고 인상 쓰고 다니는 청년이 있었다. 그러던 어느 날, 백발의 노인이 그에게 다가와 물었다.

"젊은이, 왜 그렇게 기분이 좋지 않은가?"

"전 제가 왜 이렇게 가난한지 모르겠어요."

"가난하다고? 이렇게나 부자면서!"

"무슨 근거로 그렇게 말씀하십니까?"

"지금 백만 원을 줄 테니 자네 손가락 하나를 자르라고 하면 자르겠는가?"

"아니요."

"그럼 천만 원을 줄 테니 자네 손을 자르라고 하면 자르겠는가?"

"아니요."

"그럼 두 눈이 멀면 1억을 준다는 건 어떤가?"

"그것도 싫습니다."

"지금 당장 80세 노인이 되면 10억을 준다고 해도?"

"싫습니다."

"그럼 지금 당장 죽으면 100억을 줄 테니 죽을 생각이 있는가?"

"아니요!"

"그것 보게. 자넨 이미 100억 부자가 아닌가. 그런데도 돈 타령만 하다니……."

노인은 입가에 미소를 지으며 유유히 떠났다.

노인의 말에 청년은 큰 깨달음을 얻었다. 그래! 원래부터 난 부자였어!

아침에 일어나 자신이 아직 숨 쉬고 있다는 사실을 깨닫는 사람은 본인이 이미 죽은 사람보다 더 행복한 사람임을 깨달을 것이다.

만약 냉장고에 충분한 음식이 있고 옷장에는 입을 만한 옷이 있으며 돌아가 쉴 집이 있다면 당신은 이미 전 세계 인구의 70%를 차지하는 사람들보다 더 부유한 사람이다.

만약 은행에 충분한 저금이 있고 지갑에 돈이 있다면 당신은 이미 전 세계 상위 8% 안에 드는 부자다.

만약 부모님이 모두 살아 계시고 헤어진 가족이 없거나 이혼을 하지 않았다면 당신은 이미 전 세계에 극소수밖에 없는 부유층이나 다름없다.

만약 고개를 들 수 있고 웃을 수 있으며 항상 감사한 마음이 든다면 당신은 진정으로 행복한 사람이다. 사실, 전 세계 사람들이 다 이렇게 할 수 있지만 실제로 본인이 행복하다고 생각하는 사람들은 별로 없다.

만약 누군가의 손을 잡고 그를 안아 주거나 그의 어깨를 두드려 줄 수 있다면 당신은 정말로 행복한 사람이다. 이는 하느님이 어려운 이웃에게 하는 일이기 때문이다.

만약 글을 읽을 수 있다면 당신은 20억 문맹보다 두 배로 행복한 사람이다.

여기까지 읽었다면 잠시 책을 내려놓고 진지하게 이렇게 말해 보자.

"와! 내가 이렇게 부유한 사람이야!"

미국의 한 교사는 학생들에게 평생에 잊지 못할 그의 이야기를 들려주었다.

"예전에 난 매우 심약한 사람이었습니다. 그런데 1934년의 어느 봄날, 거리를 걷다가 본 경치에 모든 걱정이 물거품처럼 사라졌죠. 단 몇 초도 안 되는 짧은 시간이었지만 그 순간 깨달은 인생의 진리는 지난 10년간 깨달았던 것보다 많았습니다. 그전에 난 2년간 잡화점을 경영했었습니다. 하지만 장사가 잘 안 된 탓에 그간 저축해 뒀던 돈을 다 쓰고 그것도 모자라 빚까지 졌습니다. 그 빚을 다 갚는 데는 7년이나 걸렸죠. 결국 가게 문을 닫고 은행에 가서 대출을 받고 캔자스에 가서 직장을 구하기로 마음을 먹었습니다. 그때의 내 모습이란 마치 닭싸움에서 진 수탉처럼 자신감과 투지라곤 찾아볼 수 없었죠. 그런데 그때 길모퉁이에서 한 사람을 보았습니다. 양쪽 다리를 잃은 채 바퀴가 달린 나무판에 앉아 두 손으로 앞으로 나아가더군요. 그는 길을 건너 힘겹게

인도로 올라섰습니다. 순간 그와 눈이 마주쳤죠. 그는 나에게 살짝 미소를 지어 보이며 반갑게 인사했습니다. '안녕하세요. 오늘 날씨가 참 좋습니다.' 그 순간, 난 그토록 기다리던 부유함을 맛보았습니다. 나에겐 두 다리가 있어 걸어 다닐 수도 있는데 왜 난 날 가여워 하는가? 그는 두 다리가 없어도 저렇게 즐겁고 자신감에 차 있는데 사지가 멀쩡한 내가 못할 것이 있겠는가? 그 즉시 난 가슴을 당당하게 폈습니다. 원래 은행에서 천 달러를 대출 받고 취직도 하고 싶었는데 이제는 이천 달러를 대출 받고 반드시 취직을 하기로 확실히 마음을 먹었죠. 자신감도 생겼습니다. 결국 난 좋은 직장을 구하게 됐습니다. 요즘에도 난 화장실 거울에 이런 글귀를 써 놓고 면도를 할 때마다 반복해서 외우곤 합니다. '내 기분이 울적한 건 신발을 잃어버렸기 때문이지만 길거리에 나가 보면 두 다리를 잃은 사람도 있다.'"

살다 보면 불행한 일도 겪는다. 하지만 긍정적인 사람은 그런 불행을 마음에 담지 않고 걱정하지 않는다. 즐거움이란 무엇일까? 즐거움이란 바로 자신이 이미 소유한 모든 것을 소중히 여기는 것이다.

만약 즐겁게 살고 싶다면 만족하는 법을 배우자. 만족을 아는 것이야말로 즐거움을 찾을 수 있는 유일한 방법이다.

명언 한마디

'현재'를 죽이는 것은 '미래'를 죽이는 것이나 다름없다.
– 루쉰

38 뿌리지 않으면 얻는 것도 없다

| 일을 잘 처리하려면 자기 손으로 해야 한다 |

한 농부가 하느님께 기도했다.

"하느님, 부자가 되게 해 주세요."

그는 기도를 마친 뒤 남동생에게 말했다.

"넌, 밭에 가서 열심히 일해라. 그래야 사는 데 부족함이 없을 테니까."

그러고는 동생을 데리고 밭에 나가 말했다.

"여기에는 깨를 심고 여기에는 보리를 심고 또 여기에는 벼를 심고 저기에는 콩을 심도록 해."

농부는 씨앗을 뿌릴 자리를 알려 준 뒤 매일같이 교회에 가서 하느님께 기도만 했다.

어느 날 저녁, 하느님은 농부의 동생으로 변신한 채 농부가 기도하고 있는 교회로 갔다. 농부가 일은 안 하고 교회에는 왜 왔냐고 묻자 농부의 동생으로 변신한 하느님이 말했다.

"나도 하느님께 기도하러 왔어. 매일 기도해서 하느님 기분을 좋게 해 드리면 씨를 뿌리지 않고도 하느님의 힘으로 수확물을 풍성하게 얻을 수 있을 거야."

농부가 동생을 나무라며 말했다.

"뭐라고? 어떻게 씨를 뿌리지 않는데 수확할 수 있니?"

그러자 동생으로 변신한 하느님이 물었다.

"그러면 형은 부자가 되려고 기도만 해서야 되겠어?"

이처럼 세상에는 일하지 않고 원하는 바를 얻으려고 기도하는 사람들이 있다. 영어 속담에 이런 말이 있다. "No pains, no gains!" 이는 인류가 몇천 년 동안 살아오며 터득한 법칙으로 '밭을 갈지 않고는 가을에 열매를 수확할 수 없다'는 뜻이다. 이는 매우 간단하면서도 분명한 진리다. 하지만 이를 이해하지 못하는 사람들은 하루 종일 아무 노력도 하지 않고 행복한 삶을 살기를 바란다. 감이 먹고 싶다고 감나무 아래에 드러눕기만 해서야 되겠는가? 농부는 날마다 하느님께 기도만 드리면 부자가 될 수 있으리라고 믿었다. 이 얼마나 황당한 생각이란 말인가!

어쩌면 당신은 농부가 어떻게 이렇게 어리석을 수 있냐고 비웃을지도 모른다. 하지만 자기 자신을 한번 되돌아보자. 혹시 농부처럼 노력하지 않고 바라기만 한 적은 없는가? 평소에 공부는 하지 않으면서 시험에서 좋은 성적을 거뒀으면 좋겠다고 꿈꾸지 않는가? 노력은 하지 않은 채 어서 빨리 부자가 되었으면 좋겠다고 바라지 않는가? 준비는 하나도 하지 않은 채 좋은 직장을 구했으면 좋겠다고 생각하지 않는가? 농부의 어리석음을 비웃은 사람이 많겠지만 우리 자신도 농부처럼 어리석을 때가 있다.

우리는 성공을 갈망하고 성공한 인사들을 부러워한다. 하지만 그들이 성공하기까지 수많은 노력을 했음을 분명히 알아야 한다. 성공의 꽃은 노력의 땀방울로 자라는 법이다. 성공하고 싶다면 하느님께 기도하는 것만으로는 부족하다. 노력이 필요한 것이다! 성공하고 싶다면 지금 당장 행동으로 옮겨 노력해 보자.

명언 한마디

지금부터 난 고개를 들어 하늘을 보지 않고
더 이상 고개를 숙여 맑은 물을 보지 않겠다.
신중하게 진흙땅에서 한 걸음 한 걸음씩 내디뎌 깊은 발자국을 남기겠다.
– 주쯔칭(朱自淸, 중국의 시인이자 평론가-옮긴이)

39 '허리'를 숙여라

| 노력 없이는 얻는 것도 없다 |

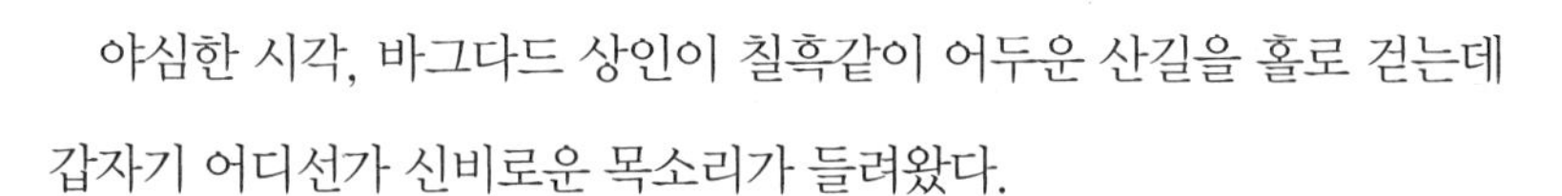

야심한 시각, 바그다드 상인이 칠흑같이 어두운 산길을 홀로 걷는데 갑자기 어디선가 신비로운 목소리가 들려왔다.

"허리를 숙여 조그마한 돌들을 많이 주우세요. 내일 쓸모가 있을 겁니다."

상인은 신비로운 목소리가 시키는 대로 돌멩이를 주워 모았다. 그리고 이튿날 아침 눈을 떴을 때 그는 깜짝 놀라고 말았다. 어제의 그 돌멩이가 반짝반짝 빛나는 수정으로 변해 있었던 것이다. 그제야 그는 후회가 되었다. 아뿔싸! 왜 어제 더 많은 돌멩이를 줍지 않았을까?

과학자 파블로프(Ivan Petrovich Pavlov)는 말했다.

"우리는 어른이 된 후에야 예전에 배운 과학적인 지식이 귀중한 보석이었음을 알게 된다. 하지만 그와 동시에 많은 지식을 배우지 못한 것을 후회한다."

정말 그렇지 않은가? 바그다드 상인은 허리를 조금 숙이는 것이 귀찮아 건성으로 돌멩이를 주웠다가 수많은 보석을 가질 수 있었던 기회를 놓쳐 버리고 말았다.

이런 이야기도 있다. 예수가 그의 제자 베드로를 데리고 먼 길을 가던 중 녹슨 말발굽을 발견하여 주우라고 했다. 하지만 베드로는 허리를 숙이는 것이 귀찮아 못 들은 척했다. 예수는 아무 말 않고 본인이 허리를 숙여 말발굽을 주운 뒤 대장장이에게 가져가 돈으로 바꿔 앵두 18개를 샀다. 이후 두 사람은 성 밖으로 나가 계속해서 황폐한 들판을 걸어갔다. 예수는 베드로가 목이 마를 것이라 생각하고 소매에서 조심스럽게 앵두를 꺼내 땅에 흘리는 척했다. 그러자 베드로는 얼른 그것을 주워 먹었다. 예수는 걸어가면서 계속해서 앵두를 흘렸고 베드로는 그것을 먹기 위해 구차하게 열여덟 번씩이나 허리를 숙였다. 예수가 웃으며 말했다.

"만약 애초에 허리를 한 번 숙였더라면 지금 허리를 열여덟 번씩이나 숙이지 않았어도 됐을 것이다. 작은 일이라고 하지 않으면 나중에는 더 작은 일을 하기 위해 수고를 해야 한다."

필요한 일임에도 '허리'를 숙이지 않거나 혹은 귀찮아 하는 사람은 분명히 어리석은 자일 것이다!

아무리 시작이 어려운 일도 결국 두 손과 똑똑한 두뇌가 해낸다.

– 순수네기(Juan Antonio de Zunzunegui, 스페인의 소설가-옮긴이)

40 꽃밭의 미끼

| 배금주의(돈을 최고의 가치로 여기고 숭배하여 삶의 목적을 돈 모으기에 두는 경향이나 태도를 말한다-옮긴이)인 사람은 돈을 위해서 뭐든지 한다 |

어느 날, 길거리를 걷던 잭은 꽃밭에서 10달러짜리 지폐를 발견하자 돈을 주우러 꽃밭에 들어갔다. 그러자 그곳의 관리인이 잭을 불러 세우는 한편 옆의 표지판을 가리키며 말했다.

"이봐요! 꽃밭에 들어가면 어떡합니까? 법을 어겼으니 벌금 10달러를 내세요."

뒤늦게 표지판의 존재를 발견한 잭은 후회하며 표지판의 내용을 읽어 내려갔다.

'화단에 들어가는 자는 벌금 10달러에 처한다.'

잭이 벌금을 물게 된 이유는 그가 탐욕을 부렸기 때문이다.

꽃밭의 관리인은 돈을 미끼로 잭의 탐욕을 시험했고, 그 뒤로도 계속해서 사람들의 마음을 시험했다.

탐욕은 인생의 큰 적이다.

절대로 탐욕을 부려서는 안 된다. 탐욕은 종종 더 큰 것을 잃게 만들기 때문이다. 탐욕은 여러 형태로 나타나는데 잭의 경우에는 공짜라는 미끼에 걸려들었다. 10달러를 보자마자 자신의 돈이 아닌데도 유혹에서 벗어나지 못해 결국 관리인의 함정에 빠져들고 말았던 것이다.

에스키모들은 추운 겨울에 늑대를 잡기 위해서 눈구덩이 안에 신선한 피를 바른 칼을 묻어 놓는다. 그러면 늑대는 피 냄새를 맡고 달려와 아무런 의심 없이 칼에 묻은 피를 핥다가 자신의 혀에서 피가 흐르는 것도 모른 채 점점 더 짙어지는 피 냄새에 흥분한다. 결국 늑대는 탐욕스러운 마음에 너무 많은 피를 흘린 나머지 죽고 만다.

이렇게 에스키모들은 늑대의 탐욕스러운 특성을 이용해 늑대를 사냥한다. 마치 미끼를 이용해 물고기를 잡듯이 말이다. 따라서 우리는 이들이 주는 교훈을 간과하지 말고 깊이 생각해 봐야 한다. 당신은 갖고 싶어하던 물건을 봤을 때 자신의 탐욕을 잘 조절하는가? 누군가는 탐욕이 인간의 본능이라고 말하지만 차라리 인간의 약점이라고 말하는 편이 나을 듯싶다. 모든 동물이 탐욕을 부리는데 사람이라고 아니겠는가?

하지만 아무리 마음이 탐욕스러워도 스스로 자신을 잘 다스리면 된다. 기나긴 인생을 자신의 욕심으로 망쳐서야 되겠는가.

앞으로 탐욕스러운 마음을 조심하자!

명언 한마디

사람은 누구나 실수를 하는데 대부분 욕망이라는 미끼에 넘어가 실수를 저지른다.

– 로크(John Locke, 영국의 철학자이자 정치사상가로 계몽사상을 펼쳤다–옮긴이)

知慧

지혜의 신조

지혜는 생각에서 나오고 깊은 생각은 지혜를 낳는다

다른 사람이 무언가를 믿거나 혹은 부정한다고 해서
당신도 그것을 따라서 믿거나 부정하지 말라.
하느님은 당신에게 진리와 잘못을 판단할 수 있는 두뇌를 주셨다.
그러니 두뇌를 이용하라.

| 제퍼슨(Thomas Jefferson, 미국의 제3대 대통령-옮긴이)

41 | 화물칸에 물을 부은 선장

| 필요는 발명의 동력이다 |

어느 날, 항해 경험이 풍부한 선장이 배에 화물을 싣고 가다가 끔찍한 폭풍을 만났다. 선원들은 죽음의 공포를 느끼며 어쩔 줄 몰라 했다. 하지만 선장은 전혀 동요되지 않았다. 오히려 과감히 화물칸을 모두 열고 그 안에 물을 부으라고 명령했다. 그러자 선원들이 반발하고 나섰다.

"선장님, 제정신이세요? 화물칸에 물을 부으면 배의 압력이 높아져 침몰하고 말 거라고요. 저희는 살고 싶습니다!"

하지만 선장은 요지부동이었고 선원들은 할 수 없이 명령을 따랐다. 화물칸의 수위가 점점 높아질수록 배는 조금씩 가라앉았지만 신기하게도 맹렬히 몰아치던 파도의 기세는 점차 수그러들더니 배가 다시 균형을 찾았다.

마침내 선장은 안도의 한숨을 내쉬며 선원들에게 말했다.

"만 톤이 넘는 거대한 선박은 잘 전복되지 않습니다. 오히려 잘 전복되는 것들은 가벼운 선박이죠. 배는 무거울수록 안전합니다. 다시 말해서 텅텅 빈 배가 제일 위험한 것이죠."

이것이 바로 압력의 효과다. 특별한 스트레스도 없이 하루하루 되는 대로 사는 사람은 선적한 짐이 하나도 없는 배와 같다. 그래서 거대하게 불어 닥친 단 한 차례의 폭풍에도 전복되고 만다.

자존심이 세고 이기기 좋아하는 것은 학생들의 심리적 특징이다. 이는 선생님들이 학생들의 적극성과 리더십을 키워 주기 위해 경쟁 심리를 강화시키기 때문이다. 경쟁 구도 속에서 자신감 있고 뛰어난 존재가 되기 위해서는, 반드시 꿀벌이 꽃을 찾아다니듯 지식이란 영양분을 흡수하고 기본 실력을 쌓도록 노력해야 한다.

일단 스트레스를 받으면 얼마간은 감정적인 충격 때문에 힘들지만 그 가운데 인생의 참뜻을 깨닫고 인생의 방향을 찾기도 한다. 반면 스트레스와 고통에 단련되지 못한 채 행운에 겨운 삶에는 깊이가 없다. 그래서 생각하기 싫어하고, 세상이 얼마나 넓은지, 또 자신의 능력이 얼마나 되는지 모르는 사람은 결국 지극히 평범한 사람밖에 될 수 없다.

항우(項羽, 중국 진나라 말기, 서초 패왕이라고 칭하며 진나라를 멸망시켰으나 같이 천하를 놓고 다투던 유방(劉邦)에게 패하자 해하에서 자살했다. 이후 유방은 한나라를 건국했다–옮긴이)가 초나라 군사를 이끌고 조나라를 구하러 갔을 때의 일이다. 진나라의 군사력이 막강하자 병사들은 겁을 먹었다. 그러자 항우는 정예 병사들만을 이끌고 적군을 향해 돌진했고 장하(獐河)를 막 건넜을 때 부하들에게 이렇게 명령했다.

"강을 건넌 배는 모조리 구멍을 내어 가라앉혀라. 밥솥은 모조리 찌그러트려 버려라. 우리는 오로지 삼 일치의 식량만 갖고 적군을 공격할 것이다."

이렇게 결연한 의지로 진나라 군사와 전쟁을 치른 초나라의 군사는 더 이상 후퇴할 길이 없었기 때문에 모두가 맹렬히 전투에 임했다. 그 결과 초나라 군사는 연이은 전투에서 승리를 거두며 전쟁의 형국마저 바꿔 놓았다.

이로 미루어 봤을 때 스트레스는 오히려 어려운 상황에서 벗어나게 해 주는 원동력이 아닐까?

명언 한마디

인생은 일종의 향락이 아니라 매우 힘든 작업이다.

— 톨스토이

42 | 기막힌 계획

| 지식은 좋은 사람을 더 좋게 만들고 나쁜 사람을 더 나쁘게 만든다 |

평생을 저축해서 모은 천만 달러로 주식과 채권을 사들인 부자가 있었다. 그는 이 거대한 재산을 어떻게 관리할까 무척 고민되었다. 몸에 휴대하는 것도, 집 안에 보관하는 것도 모두 마음이 놓이지 않았다. 그래서 그는 결국 고객의 귀중품을 보관해 주는 은행 서비스를 이용하기로 결정했다. 하지만 그 서비스를 이용하기 위해서는 매년 일만 달러씩을 지불해야 했다. 부자는 이 금액이 너무 아까웠다. 그러던 중 한 친구가 우연히 부자의 고민을 전해 듣고 그를 대신해 기막힌 방법을 생각해 냈다. 바로 은행에서 일 달러를 대출 받는 것이었다. 은행에서 대출을 받으려면 그 금액이 얼마는 간에 반드시 담보가 있어야 한다는 규정이 있다. 결국 부자의 친구는 은행에서 일 달러를 대출 받았고 부자는 자신의 전 재산인 천만 달러어치의 주식과 채권을 담보로 걸었다. 그는 겨우 일 달러만 주고 천만 달러의 재산을 은행에 맡긴 셈이다.

정말 기막힌 계획이 아닌가? 과연 계획이란 무엇일까? 그것은 바로 사전에 행동을 구상하고 관리하는 것을 말한다.

다시 위의 이야기를 살펴보자. 부자의 친구는 부자의 재산을 보관하기 위한 방법으로 은행에서 일 달러를 대출 받는 계획을 생각해 냈다. 이는 보통 사람의 상상력을 뛰어넘는 일이라고 할 수 있다. 대부분의 사람들은 큰 액수의 대출만을 생각한다. 하지만 부자의 친구는 '일 달러 대출'이라는 묘안을 생각해 내어 부자의 고민을 해결했다.

누군가는 이런 항변을 할지도 모른다. 계획이 별것인가? 그저 좋은 방법을 생각해 내면 되는 것 아닌가? 하지만 좋은 방법을 생각해 내는 것은 결코 쉽지 않은 일이다. 만약 부자의 친구가 은행의 대출 규정을 충분히 이해하지 못했다면 결코 이런 묘안을 생각해 내지 못했을 것이다.

계획은 기존의 사물에 대한 재포장과 재배치, 전면적인 종합을 뜻한다. 시대가 발전하면서 경쟁도 점차 치열해지고 있다. 따라서 사고력이 좋으면 유리한 입장에서 경쟁할 수 있을 것이다.

좋은 계획을 짜기 위해서는 충분한 준비가 뒤따라야 한다. 계획이란 일에 대한 전제이자 기초다. 상식을 깨는지의 여부가 기막힌 계획을 짜는 데 매우 중요하다.

명언 한마디

생각할 수 있는 사람은 바로 무한한 능력이 있는 사람이다.

– 발자크(Jean-Louis Guez de Balzac, 프랑스의 문학가-옮긴이)

43 풀리지 않은 달구지의 끈

| 규칙과 겸손은 천재와 예술을 망친다 |

기원전 233년 겨울, 동방 원정을 나섰던 마케도니아의 알렉산더 대왕(Alexandros the Great, 마케도니아의 왕으로 그리스, 페르시아, 인도에 이르는 대제국을 건설한 뒤 동서양의 문화를 화합한 헬레니즘 문화를 꽃피웠다-옮긴이)은 병사를 이끌고 프리기아(지명, 소아시아-옮긴이)에 입성했다가 예로부터 전해 내려오던 전설을 들었다. 몇백 년 전, 프리기아의 고르디우스 왕이 달구지에 아주 복잡하게 매듭을 지어 놨는데 그것을 푸는 자가 아시아의 왕이 된다는 것이다. 그동안 이 매듭을 풀기 위하여 각국의 무사와 왕자들이 프리기아를 찾아왔지만 매듭을 찾지도 못하고 찾아도 도무지 풀 수가 없었다.

알렉산더 대왕은 이 전설에 흥미를 느끼고 신비의 매듭을 찾으러 나섰다. 다행히도 그 매듭은 제우스 신전에 잘 보존돼 있었다.

알렉산더는 매듭을 자세히 관찰했다. 하지만 어쩐 일인지 매듭의 끄

트머리도 찾지 못했다.

그 순간, 그의 머릿속에 이런 생각이 떠올랐다. 왜 나의 방식으로 매듭을 풀려고 하지 않았을까?

결국 그는 칼을 꺼내어 매듭을 두 동강 냈다. 이로써 수백 년간 풀리지 않았던 신비의 매듭은 쉽게 풀리고 말았다.

전통적인 사고방식에 입각한 대다수의 사람들은 손으로 매듭을 풀려고 했다가 실패하고 말았다. 하지만 알렉산더 대왕은 기존의 방식을 깨고 가장 간단하고 직접적인 방법으로 수백 년간 풀리지 않았던 매듭을 풀고 자신이 아시아의 왕이 될 것임을 확실히 했다.

알렉산더 대왕만큼 유명한 일화가 또 있다. 바로 조조의 손자 조충이 코끼리의 무게를 잰 이야기이다. 어떤 사람이 조충에게 코끼리의 무게를 재도록 했는데 이는 어린아이가 풀기에는 매우 어려운 문제였다. 하지만 조충은 번뜩이는 두뇌로 금세 그 방법을 생각해 냈다. 먼저 조충은 코끼리를 배에 태운 뒤 배가 얼마나 가라앉는지 표시하도록 지시했다. 그다음에는 배에서 코끼리를 내린 뒤 코끼리가 탔을 때 배가 가라앉았던 만큼 돌을 채우게 하여 그 돌들의 무게를 재도록 했다. 이로써 어린 조충은 코끼리의 무게를 잴 수 있었다. 언뜻 보기에는 매우 간단한 방법 같지만 저울 없이 코끼리의 무게를 잴 수 있는 방법을 생각해 낼 사람이 과연 몇이나 될까?

자신을 속박하는 케케묵은 사고방식과 선입견에 사로잡히지 말고 기존의 사물에서 새로운 면을 발견하자! 그러면 예상 밖의 결과를 얻을 수도 있다.

변하지 않는 것은 없다. 그래서 변화의 눈빛으로 사물을 보면 새로운 면을 발견할 수 있다. 맹목적으로 기존의 생각을 따르기만 한다면 영원히 다른 사람에게 뒤처지고 말 것이다.

명언 한마디

생활은 전쟁이다.

– 안톤 체호프(Anton Pavlovich Chekhov, 러시아의 소설가이자 극작가–옮긴이)

44 절식(節食)을 한 새

| 참는 자가 이긴다 |

한 남성이 여러 마리의 새를 잡아 한 우리에 가뒀다. 그는 매일같이 새장 속의 새들을 감상하며 먹이를 주고 그러다 살이 찐 새가 있으면 잡아먹었다. 그러자 한 새가 생각했다.

'많이 먹어서 살이 찌면 주인한테 잡아먹힐 테고 그렇다고 안 먹으면 굶어 죽을 게 분명해. 그렇다면 날개가 다 자라서 새장에서 도망칠 때까지 살이 많이 찌지 않도록 조금씩만 먹자.'

결국 이 영리한 새는 자신의 계획대로 살이 찌지 않을 만큼 조금씩만 먹어 날개가 다 자란 뒤 유유히 새장에서 탈출했다.

어려운 상황에서 벗어날 수 있는 방법에는 어떤 것이 있을까? 적극적으로 상황에 대처해야 할까, 아니면 소극적으로 도피해야 할까? 스스로 해결할까, 아니면 다른 사람에게 도움을 청할까? 아마 대부분의 사람들은 스스로 판단을 내려 상황에 가장 적합한 방법을 선택할 것이다. 하지만 이 중에서도 가장 필요하고 또 효과적인 방법은 바로 스스로 어려운 상황을 헤쳐 나가는 것이다.

예전에 미국의 서부로 여행을 떠난 적이 있다. 잠시 시카고에 머무를 때였는데 지갑을 잃어버린 사실을 뒤늦게 알았다. 수중에 있는 돈이라고는 십 달러가 전부였고 그 돈으로 친구 집까지 가는 것도 사실 불가능했다. 어찌해야 할까 고민이 됐지만 우선 냉정함을 잃지 않으려고 노력했다. 이럴 때일수록 더욱 당황해서는 안 되기 때문이다. 나는 십 달러로 무엇을 할 수 있을까 생각했다. 그때 마침 길 건너편에 있는 화랑이 눈에 띄었다. 순간 좋은 생각이 떠올랐다. 바로 다른 사람에게 초상화를 그려 주는 것이었다. 그래도 그림 그리는 것 하나만은 자신 있었기 때문에 충분히 돈을 벌 수 있으리라는 생각이 들었다. 나는 오 달러를 주고 연필과 도화지를 산 다음 지하철 역 앞에서 사람들에게 초상화를 그려 주었다. 결국 난 이 방법으로 무사히 친구의 집까지 갈 수 있었다.

이 경험은 나에게 큰 재산이 되었다. 그림을 그려 주는 동안 많은 유명 인사들을 만나고 친구로 사귀었기 때문이다. 이번 여행의 경험에서 얻은 교훈이라면 어려운 상황에서 나를 도울 수 있는 사람은 다른 사람이 아닌 바로 나 자신이라는 것이다!

명언 한마디

사람은 신념이 있어야 한다.
추구하는 바가 있으면 어떠한 고난도 참아 낼 수 있고
어떠한 환경에도 적응할 수 있다.

– 띵링(丁玲, 중국의 작가–옮긴이)

45 식물원의 팻말

| 농장을 가득 채우려면 수탉 한 마리와 어린 수소 한 마리를 키워야 한다 |

미국의 시카고에는 기이한 식물들이 많아 매일 많은 관람객들이 찾는 유명한 식물원이 있다.

이 식물원의 입구에는 큰 팻말이 있는데 그 내용이 무척 흥미롭다. 바로 '꽃과 나뭇가지를 꺾는 사람을 신고하는 사람에게는 삼백 달러의 상금을 드립니다' 라고 써 있는 것이다.

그래서 호기심 많은 관람객들은 관리원에게 이런 질문을 한다.

"왜 꽃과 나뭇가지를 꺾는 사람에게 벌금 삼백 달러를 문다고 쓰지 않았습니까?"

그럴 때마다 관리원은 이렇게 대답한다.

"도처에 많은 관리원들을 두는 게 뭐가 나쁩니까?"

정말 효과적인 방법이 아닌가? 이렇게 되면 관람객들이 상금을 받으려고 서로가 서로의 행동을 감시할 것이다. 따라서 이는 시간과 인력을 절약하면서 각종 기이한 식물들을 효과적으로 보호할 수 있는 좋은 방법이라고 할 수 있다.

관리는 인생에 있어 매우 중요한 의미를 갖기 때문에 누구나 관리하는 법을 배워야 한다. 물론 철저히 관리하는 것은 쉬운 일이 아니다. 하지만 다음의 몇 가지 방법이 도움이 될 것이다.

1. 사물을 인식하는 능력을 키워라. 그래야 문제가 생겼을 때 지혜로운 판단을 할 수 있다.
2. 문제에 대해 구체적으로 분석하라. 문제의 성격에 따라 서로 다른 방식으로 문제를 해결해야 한다.
3. 조치를 취하기 전에 다방면으로 생각하라. 그래야 실수를 줄일 수 있다. 아무리 좋은 일이라도 규모가 크면 그 일에 쏟아 붓는 열정과 결과가 서로 균형을 이루도록 신중해야 한다.
4. 조치를 취한 다음에는 그에 따르는 이익이 얼마나 되는지 결과를 종합해 보아라.

이상의 네 가지 방법이 몸에 익도록 노력하면 반드시 우수한 인생의 관리자가 될 수 있을 것이다!

명언 한마디

제자리에 잘 둔 물건이 찾기도 쉽다.

– 헤이우드(Thomas Heywood, 17세기 영국의 극작가–옮긴이)

46 | 호랑이와 늑대와 여우

| 다른 사람의 실수에서도 지혜를 배울 수 있다 |

어느 날, 사냥을 나갔던 호랑이와 늑대와 여우는 영양 한 마리, 노루 한 마리, 토끼 한 마리를 잡아 왔다. 호랑이가 늑대에게 물었다.

"이걸 어떻게 나누지?"

"그야 공정하게 나누면 되지. 영양은 네가 갖고 노루는 내가 갖고 토끼는 여우 주면 되잖아."

호랑이는 생각 없는 늑대의 대답에 날카로운 발톱을 세워 늑대를 죽인 뒤 다시 여우에게 물었다.

"여우야. 넌 어떻게 나눠야 할 것 같니?"

여우는 곰곰이 생각하다가 대답했다.

"공정하게 나눠야지. 영양은 네가 제일 좋아하니까 주식으로 먹고 노루는 별미로 먹고 토끼는 간식으로 먹으면 되잖아."

호랑이는 여우의 대답이 매우 만족스러웠다.

"여우야. 넌 어쩌면 이렇게 똑똑하니? 어떻게 내 맘에 쏙 드는 답을 알았어?"

그러자 여우가 대답했다.

"아까 네가 늑대를 죽일 때 바로 눈치 챘지."

중국 속담에 "사나이는 눈앞의 손해를 보지 않는다"라는 말이 있다. 하지만 경우에 따라서는 눈앞의 손해를 감수하는 편이 나을 때도 있다. 다시 이야기 속으로 돌아가 보자. 여우는 사냥에 참여하고도 아무런 먹잇감을 갖지 못해 손해를 본 것처럼 보인다. 하지만 만약 여우가 먹잇감에 욕심을 부렸다면 분명 호랑이 발톱에 죽고 말았을 것이다. 먹잇감 하나에 목숨을 잃느니 차라리 호랑이에게 전부 양보하는 것이 더 합리적이지 않은가?

따라서 "사나이는 눈앞의 손해를 감수해도 된다"라고 말해도 될 것 같다. 그렇지 않으면 더 큰 손해를 볼 수 있기 때문이다.

물론 손해를 보는 것이 '사나이'의 목적은 아니다. 살아남기 위해서, 또는 더 큰 목표와 이익을 위해서 잠시 눈앞의 손해를 눈감아 주는 것뿐이다. 만약 당장의 손해가 싫어 거대한 손실과 재난을 당하고 심지어 목숨까지 잃는다면 미래와 이상을 약속할 수 있을까?

하지만 많은 사람들이 손해를 보고 나면 체면을 살리기 위해 다른 사람과 싸우고 그로 인해 더 깊은 구렁텅이에 빠지기도 한다.

사람은 상황을 살필 줄도 알아야 한다.

상황이 위험할 때 현명한 사람은 위험 요소를 없앨 수 있는 방법을 생각하고 어리석은 사람은 직접적인 방식으로 위험과 맞서려고 한다.

자신에게 불리한 상황일 때는 일시적인 충동이나 혈기로 맞서지 말고 잠시 일보 후퇴하는 지혜가 필요하다.

명언 한마디

다른 사람 앞에서 혼자 콧노래를 부르지 말고 손가락 또는 발로 장단을 맞추지도 마라.

– 워싱턴(George Washington, 미국의 정치가로 '건국의 아버지' 라고 불리며 초대 대통령을 지냈다-옮긴이)

47 | 의외의 상황에 대한 반응

| 현명한 사람은 임기응변에 능하다 |

술집에 홀로 앉아 있는 젊고 아름다운 여성에게 멋진 남성이 다가와 말했다.

"실례가 안 된다면 제가 한잔 사 드리고 싶은데요."

"호텔에 가자고요?"

"아니요. 오해십니다. 그냥 한잔 사 드리고 싶다고……."

"지금 나가자고요?"

여자가 날카롭게 쏘아붙이는 바람에 남자는 무척 당황하며 말했다.

"아니요. 전 그럴 생각이 조금도 없습니다."

"그럼 왜 그러시는데요?"

여자가 워낙 큰 소리로 말한 탓에 사람들의 껄끄러운 이목이 순식간에 그에게 집중되었다. 절로 얼굴이 다 화끈거릴 지경이었다.

그런데 잠시 후, 그 여자가 남자에게 다가와 부드러운 목소리로 말을 거는 것이 아닌가!

"방금 전에는 죄송했어요. 저 때문에 당황하셨죠? 전 심리학자인데 의외의 상황에서 사람들이 어떻게 반응하는지 연구 중이에요."

그러자 그 남자는 여자에게 냅다 소리를 질렀다.

"뭐라고요? 백 달러나 그냥 달라고요? 딴 사람한테나 달라고 하세요."

사람들은 의외의 상황에 처하면 저마나 나름대로의 반응을 취한다. 그런데 이렇게 반응을 보일 때 본의 아니게 개인 소양이 드러나기도 하므로 의식적으로 개인 소양을 키우기 위해서 노력해야 한다. 이야기 속의 젊은 남자는 아름다운 아가씨에게 술을 한잔 사겠다고 했다가 매우 당황스러운 처지에 놓이고 말았다. 하지만 그는 그 한 번의 경험으로 여자가 사실을 말하고 정중히 사과했을 때 놀라운 임기응변의 능력을 보여 주었다.

살다 보면 의외의 상황을 많이 겪게 된다. 여행을 갔다가 소매치기를 당해 수중의 돈을 모두 잃을 수도 있고 대중 앞에서 연설을 하다가 가족 중 누군가가 죽었다는 비보를 접할 수도 있다.

의외에 상황에서 보이는 반응은 곤경에서 벗어나는 데 결정적인 작용을 한다. 하지만 이런 임기응변 능력은 타고나는 것이 아니므로 반드시 연습을 통해 키워 나가야 한다.

이야기 속의 젊은 남자는 뛰어난 임기응변 능력으로 땅에 떨어졌던 체면을 되살릴 수 있었다. 만약 당신이라면 어떻게 했을까?

명언 한마디

사람은 잠시 어수룩할 수 있어도 일생을 어수룩하게 보내서는 안 된다.

– 케리(Henry Charles Carey, 미국의 경제학자–옮긴이)

48 함께 기뻐하고 슬퍼하기 위한 상인의 전략

| 동쪽에서 잃고 서쪽에서 얻다 |

어떤 상인이 아내에게 이런 간곡한 부탁을 했다.

"여보, 만약 장사가 손해나면 집 안의 불을 모두 켜고 이익이 나면 집 안에 촛불 하나만 켜 주시오."

"왜 그래야 하는데요?"

부인은 남편의 생각을 이해할 수 없었다.

"장사가 손해나면 화가 날 텐데 나 혼자만 화가 나서야 되겠소? 당연히 다른 사람들도 같이 화가 나야지. 만약 우리 집 불이 환하게 밝혀져 있으면 사람들은 장사가 잘돼서 그런 줄 알고 질투심에 화가 날 거요. 만약 집 안에 촛불이 하나밖에 안 켜져 있다면 사람들은 우리가 찢어지게 가난한 줄 알고 모두 기뻐할 거요. 그러니 이익이 났을 때는 촛불을 하나만 켤 수밖에요."

상인은 장사가 손해났을 때는 마치 장사가 잘돼서 그런 것처럼 집 안의 불을 모두 밝혀 사람들이 그 불빛을 볼 때마다 질투가 난 나머지 화를 내도록 했다. 그리고 이로써 다 같이 화가 나는 목표를 달성했다.

반면에 이익이 났을 때는 집 안에 촛불 하나만을 밝혀 아무도 그들이 돈을 번 사실을 눈치 채지 못하게 했다. 그러면 평소 상인을 질투하던 사람들은 촛불 하나만 밝혀진 그의 집을 보고 '오늘은 돈을 별로 못 벌었구나' 라고 생각하며 쾌재를 부르게 돼 다 같이 기뻐할 수 있다.

이렇듯 상인은 '역방향 사고' 를 이용하여 자신의 목표를 달성했다.

그렇다면 역방향 사고란 무엇일까? 간단히 말해 역방향 사고는 반대로 생각하는 것을 말한다. 예컨대, 어느 날 아침에 기분 좋게 출근했는데 무슨 이유인지 사장에게 해고를 당했다고 치자. 이럴 때 역방향 사고를 하면 비록 당장은 해고를 당했지만 그 원인을 알아내어 다음번에 같은 일이 발생하는 것을 막을 수 있다. 그리고 어차피 해고를 당한 것이라면 가만히 있지 말고 그동안 못했던 운동을 하거나 휴가를 가고 부모님이나 자녀와 함께 시간을 보내자. 비록 갑자기 시간이 많아진 원인은 달갑지 않겠지만 어쨌든 이로써 가정은 더욱 화목해질 수 있다. 또한 새로운 일자리를 알아볼 수도 있는데 어쩌면 새로 갖게 된 직업이 적성에 더욱 잘 맞을지도 모를 일이다.

세상에는 많은 가능성들이 존재한다. 직장에서 해고당한 것은 불행한 일이지만 그로 인해 새로운 직장을 찾아 새로운 도전을 할 수 있다.

이미 잃어버린 것에 연연하지 말고 생각을 달리해 보자. 어쩌면 잃은 것보다 더 많은 것을 얻을 수도 있다.

명언 한마디

과거는 죽음의 신의 것이고 미래는 나 자신의 것이다.

– 셸리(Percy Bysshe Shelley, 영국의 낭만파 시인으로 낭만주의 시대의 인기 작가였다-옮긴이)

49 | 오십 리와 삼십 리

| 최고의 거짓말쟁이는 자기 자랑하기를 가장 좋아하는 사람이다 |

수도로부터 오십 리 떨어진 곳에 있는 한 마을의 이야기다. 이 마을에는 맛이 아주 달기로 소문난 샘물이 있었다. 이 소식은 금세 국왕의 귀에까지 들어갔고, 이어 그곳의 샘물을 매일 궁까지 공수하라는 명령이 내려졌다. 하지만 그 마을을 떠나는 주민들이 하나둘 늘어났다. 매일 샘물을 떠서 궁까지 이고 나르기가 힘들었던 것이다.

그러자 마을의 지도자가 주민들에게 말했다.

"여러분, 떠나지 마십시오! 제가 물을 떠 나르는 길을 오십 리에서 삼십 리로 바꿔 달라고 국왕께 말씀드리겠습니다. 그러면 힘이 덜 들겠지요? 안 그렇습니까?"

마을의 지도자는 곧 국왕을 찾아 주민들의 고충을 전했다. 국왕은 흔쾌히 오십 리 길을 삼십 리 길로 부르는 것을 허락했다. 이에 주민들은 크게 기뻐하며 자신들을 위해 큰일을 해낸 마을의 지도자를 추앙했다. 사실, 그들이 궁까지 걸어가야 하는 거리에는 전혀 변화가 없었는데도 말이다.

달콤한 샘물이 있는 마을의 주민들은 매일같이 국왕의 명령을 수행하기가 어려워 속속 마을을 떠났다. 그러자 그 마을의 지도자는 궁까지 가는 데 걸리는 오십 리의 거리를 삼십 리로 바꾸어 부르는 묘안을 생각해 내 떠나는 주민들의 발길을 돌렸다. 한마디로 마을 사람들이 지도자의 감언이설에 속아 넘어간 것이다.

하지만 감언이설의 부정적인 효과를 얕봐서는 안 된다. 감언이설은 본인도 모르게 중독되는 독약과도 같다. 그래서 달콤한 고통을 안겨 준다. 모름지기 나쁜 것일수록 빠지기 쉬운 법이다!

감언이설에 현혹된 사람은 아무리 좋고 바른말을 해 줘도 그 말이 머리에 들어오지 않는다. 그래서 아무리 진실을 말해 줘도 믿지 않고 위험을 자초한다.

예로부터 권력을 지닌 사람 곁에는 간신배들이 많았다. 그래서 환심을 사기 위한 것인지도 모르고 권력자는 그들의 입에 발린 말에 넘어가 나라를 위험에 빠트리기도 했다.

따라서 듣기에 달콤한 말일수록 조심해야 한다. 어쩌면 본인도 모르게 상대방에게 속아 넘어갈 수도 있다.

"충언역이리우행(忠言逆耳利于行)"이라고 했다. '충언은 귀에 거슬리지만 행하기에는 이롭다' 는 뜻이다. 상대방의 말이 좋은 뜻인지 나쁜 뜻인지 분간할 수 있도록 항상 의식을 깨워 두자!

명언 한마디

판단력이 감언이설에 속아 넘어가서도, 개인의 이익 때문에 흐려져서도 안 된다.

– 클리블랜드(Stephen Grover Cleveland, 미국의 정치가. 뉴욕 주지사와 대통령을 역임했다–옮긴이)

50 아리스토텔레스와 하인의 대화

| 게으른 머리는 악마의 일터다 |

아리스토텔레스(Aristoteles)에게는 충복이 있었는데 그에게 단점이 한 가지 있다면 바로 게으른 것이었다. 어느 날, 외출을 앞두고 아리스토텔레스는 하인에게 신발을 내오라고 했다. 그러자 하인은 흙이 잔뜩 묻은 신발을 내왔다. 그래서 하인에게 물었다.

"왜 신발을 닦아 놓지 않았느냐?"

"신으면 또 더러워질 텐데 다시 닦을 필요가 없죠."

하인의 대답에 아리스토텔레스는 미소를 지으며 문을 나섰다. 그런데 하인이 뒤쫓아 오며 말했다.

"주인님, 열쇠를 안 주고 가셨습니다."

"무슨 열쇠를 말하느냐?"

"주방 열쇠 말입니다. 그게 있어야 제가 점심을 먹을 수 있습니다."

"점심은 뭐 하러 먹느냐. 얼마 지나지 않아 또 지금처럼 배고플 텐데."

그리스 최고의 철학자 아리스토텔레스 앞에서 논리를 운운하다가 하인은 스스로 논리의 덫에 걸리고 말았다. 그의 논리에는 허점이 있었던 것이다.

언뜻 보기에 아리스토텔레스의 하인은 현명해 보인다. 하지만 아리스토텔레스는 위대한 철학자가 아닌가! 꾀를 부리는 사람도 가끔은 현명해 보일 수 있다. 하지만 진정으로 지혜로운 사람을 만나면 그런 잔꾀는 쓸모가 없어진다.

아리스토텔레스와 하인의 대화가 우리에게 주는 교훈은 이렇다. 잔꾀를 부리지 말라! 결국 손해 보는 것은 자기 자신이다.

명언 한마디

삶은 속일 수가 없다. 그러므로 정정당당하게 살아야 한다.

– 펑쉐펑(馮雪峰, 중국의 문예이론가—옮긴이)

友情

우정의 신조

친구는
자기 자신에게 주는 선물이다

한 사람의 성품은 그의 친구와 앙숙을 보면 알 수 있다.

조셉 콘래드(Joseph Conrad, 영국의 소설가이자 해양문학의 대표자-옮긴이)

51 | 사슴의 다리와 뿔

| 미모도 따지고 보면 가죽 한 꺼풀 |

매일같이 산기슭의 냇가에 가서 물을 마시는 꽃사슴이 있었다. 이 꽃사슴은 냇물에 자신의 모습을 비춰 보는 것을 좋아했는데 특히 뿔은 자신이 봐도 무척 맘에 들었다. 하지만 그에 비해 보잘것없이 가느다란 다리는 늘 불만이었다.

'다리가 이렇게 볼품없다니. 차라리 없는 게 낫겠어.'

그러던 어느 날, 꽃사슴이 냇가를 찾았을 때였다. 여느 때처럼 냇물에 비친 자신의 모습을 감상하고 있는데 갑자기 호랑이가 나타났다. 깜짝 놀란 꽃사슴은 죽을힘을 다해 수풀로 도망쳤다. 그런데 정신없이 도망치다가 뿔이 나뭇가지에 걸리고 말았다. 다행히도 꽃사슴은 안간힘을 다해 간신히 뿔을 빼내 목숨을 부지할 수 있었다. 그러자 안도의 한숨을 내쉬며 말했다.

"어이쿠! 그래도 다리 덕분에 살았구나!"

꽃사슴은 자신의 뿔을 무척 아름답게 생각했다. 하지만 호랑이에게 쫓기다가 나뭇가지에 뿔이 걸려 자칫 목숨을 잃을 뻔했을 때 그가 탈출할 수 있었던 이유는 바로 볼품은 없지만 가느다란 다리 덕분이었다.

일상생활에서 보면 겉모습은 보기 좋지만 쓸모없는 것도 있다. 아름다운 외모는 축복임에 틀림없다. 하지만 어느 경우에는 아름다운 외모가 꽃사슴의 뿔처럼 발전하는 데 걸림돌이 될 수도 있다. 자신의 외모에 만족한 나머지 다른 부족한 부분을 보지 못하기 때문이다.

때로 우리는 타고난 아름다운 외모에 눈이 멀어 그 이면의 부족한 부분들을 보지 못한다. 학벌이 대단한 것에 만족하여 실무 경험이 부족하다는 사실에 눈뜨지 못하고, 전문적인 지식을 많이 알고 있는 것에만 기뻐하여 개인의 소양을 키우는 일을 소홀히 한다.

아름다움은 그저 심미적인 관점에서 그 가치를 따져야지 실용적인 관점에서 가치를 매겨서는 안 된다. 원래 아름다움과 실용성은 서로 조화를 이루기 힘든 모순된 입장에 놓여 있다. 평가의 기준이 다르기 때문이다.

다시 한 번 강조하지만 내 자신의 어떤 뛰어난 점 때문에 눈이 멀지 않도록 주의하자. 이는 당신의 발전을 방해할 수도 있다.

명언 한마디

수중에 있는 돈은 자유를 보존시켜 주는 하나의 수단에 불과하다.

– 루소(Jean Jacques Rousseau, 18세기 프랑스의 사상가이자 소설가로 사회계약설을 주장했다–옮긴이)

52 | 경쟁 상대를 위해 기도한 잡화점의 사장

| 어쩌면 당신은 자신의 직업을 잘 통제하지 못할 수도 있다. 하지만 인생에는 변화가 일어날 수 있다 |

어느 소형 잡화점이 있었다. 그런데 어느 날, 이 잡화점의 건너편에 대형마트가 들어섰고 곧 잡화점도 입점한다는 소문이 퍼졌다.

그러자 당장 장사가 걱정된 소형 잡화점의 사장은 목사님을 찾아가 상담을 청했고 이에 목사님은 이렇게 말씀하셨다.

"매일 아침 가게 문 앞에 서서 장사가 잘되게 해 달라고 기도하세요. 그리고 다시 뒤돌아서서 손님들이 당신의 적을 감싸 안게 해 달라고 기도하세요."

얼마 후, 당초 사장의 우려대로 소형 잡화점은 망했다. 하지만 그는 대형 마트에 취직해 이전보다 더 많은 돈을 벌었다.

사람과 동물 사이에는 차이점이 있다. 동물은 본능에 따라 행동하는데 이는 매우 자연스러운 반응이다. 하지만 사람은 생각할 줄 알고 그때그때의 필요에 따라 선택을 한다.

이야기 속 잡화점 사장의 생각은 정말 현명했다. 어차피 대형마트와의 경쟁에서 이길 수 없다면 차라리 그곳의 장사가 잘되길 바라는 편이 낫다. 또한 그렇게 됨으로써 그는 새로운 기회를 얻어 대형마트에 취직할 수 있었다. 마치 복을 받았다고나 할까?

사실, 행운을 빌어 주는 것은 서로에게 도움이 된다. 겉으로는 나쁜 일처럼 보이지만 여기에는 기회가 숨어 있는 경우가 많다. 따라서 겉모습만 보고 판단하지 말아야 하며 안목을 갖고 사물의 본질을 간파할 수 있어야 한다. 또한 이익 다툼 때문에 서로를 원수 대하듯 해서도 안 된다. 언젠가는 서로 파트너가 되어 협력해야 할 때가 있을지도 모른다.

경쟁자를 포용하는 것이야말로 자기 뜻을 원하는 대로 발전시키기 위해 갖춰야 할 필수적인 인격이다.

명언 한마디

연기가 사라지듯 과거의 일을 모두 잊고 마음을 넓게 가져라.

– 타오주(陶鑄, 중국의 정치가-옮긴이)

53 | 네 명의 강도의 운명

| 남에게 대접 받고 싶은 대로 남을 대접하라 |

네 명의 강도가 깊은 산중을 걷다가 죽은 지 얼마 안 된 돼지 한 마리를 발견했다. 그들은 두 명이 물을 길어 오고 그동안 나머지 두 명이 돼지 껍질을 벗기기로 결정했다.

나란히 돼지 껍질을 벗기던 중 한 강도가 말했다.

"만약에 우리 둘이 이 돼지를 먹는다면 분명히 다 못 먹을 거야. 하지만 남은 걸 팔아서 돈을 벌 수는 있겠지."

그들은 돼지고기에 몰래 독약을 발라, 물을 길러 간 두 명을 죽이기로 결심했다.

물을 길러 간 두 강도도 마찬가지였다. 그들은 돼지 껍질을 벗기는 강도들이 물을 먹고 죽게끔 한쪽 물동이에만 몰래 독약을 탔다. 결국 그들은 물을 먹든 고기를 먹든 모두 죽게 되는 것이다.

이 이야기가 말하려는 교훈은 무엇일까?

첫째, 다른 사람을 해하려고 하지 말라. 네 명의 강도는 모두 사리사욕을 챙기느라 서로를 죽이려고 했다. 돼지 껍질을 벗기던 강도들은 물을 마시면 죽을 것이고, 반대로 물을 길러 갔던 강도들은 돼지고기를 먹으면 죽을 것이다. 한마디로 모두 죽게 되는 것이다. 따라서 반드시 다른 사람을 해하려는 생각을 해서는 안 된다.

둘째, 다른 사람을 경계하라. 네 명의 강도는 서로 상대방을 죽일 방법은 생각해 놓았지만 상대방으로부터 자신을 보호할 방법은 미처 생각해 놓지 않아 봉변을 당했다. 서로를 경계하지 않았던 것이다. 사람에게는 확실히 악한 면도 있다. 특히나 이익을 놓고 따질 때는 이런 악한 마음이 활개를 친다. 따라서 이럴 때는 반드시 상대방을 경계해야 한다. 경계심을 갖는 것은 자신과 자신의 이익을 보호하는 데 꼭 필요하다.

셋째, 사리사욕을 부리지 말라. 네 명의 강도가 모두 죽게 된 이유는 서로 돼지고기를 더 많이 먹고, 그중에 남는 것은 팔아서 돈으로 챙기려 했기 때문이다. 그들은 사리사욕의 부추김에 장단을 맞추다 결국은 돼지고기도 먹지 못한 채 목숨을 잃게 되었다.

끝없는 탐욕은 화를 부른다. 그러므로 절대로 사리사욕을 채우기 위해 욕심을 내서는 안 된다. 사리사욕에 눈이 멀면 이익을 위해 수단과 방법을 가리지 않게 되고 결국 자신을 해치게 된다.

명언 한마디

다른 사람을 존중하지 않는 것은 자기 자신을 존중하지 않는 것이다.

— 휘트먼

54 개를 때리려던 윌리엄

| 똥 묻은 개가 겨 묻은 개 나무란다 |

윌리엄에게는 매우 사나운 개 한 마리가 있다.

어느 날, 윌리엄은 흰옷을 입고 친구네 집에 놀러 갔다. 그런데 친구네서 떠날 때쯤 되니 하늘에서 비가 내리기 시작했다. 어쩔 수 없이 윌리엄은 친구의 검은색 우비를 빌려 입고 집으로 돌아갔다.

그런데 윌리엄이 집에 들어서는 순간, 개가 윌리엄을 보더니 맹렬히 짖다 못해 물기까지 했다. 윌리엄은 너무 화가 난 나머지 개를 때려죽일 작정으로 방망이를 찾아 왔다.

그러자 아내가 말리고 나서며 말했다.

"때리지 마세요. 만약 당신이 개였어도 그렇게 했을 거예요. 당신이 나갈 때는 분명히 흰색 옷을 입고 있었는데 돌아올 때는 검은색 옷을 입고 있으니, 당신이라도 이상하지 않았겠어요?"

윌리엄은 흰색 옷을 입고 외출했다가 검은색 옷을 입고 돌아왔다. 그러자 개는 그가 윌리엄인 줄도 모르고 집을 지키는 책임을 다하기 위해 윌리엄이 집에 들어오지 못하도록 사납게 굴었다.

그런데 윌리엄도 자신이 우비를 걸치고 있다는 사실을 깜빡했던 것 같다. 그래서 개가 주인도 못 알아보고 짖고 깨물자 화가 나서 방망이를 들었던 것은 아닐까?

우리는 윌리엄의 개를 보고 한 가지 결론을 얻을 수 있다. 바로 사물의 표면만 보지 말고 내재돼 있는 본질을 파악하라는 것이다. 아무리 옷이 바뀌었다 해도 주인은 주인이 아닌가. 이렇듯 사물의 겉모습만 보면 본질을 파악할 수가 없어 일단 겉모습이 바뀌면 잘못된 판단을 내리게 된다.

어떤 사람들은 자신에게는 관대하면서 다른 사람에게는 매우 엄격한 요구를 한다. 따라서 우리는 윌리엄이 개를 때리려고 할 때 그의 아내가 했던 말을 다시 음미해 볼 필요가 있다. 사실, 자신도 틀린 판단을 내릴 때가 있으면서 개에게만 엄격히 요구해서야 되겠는가? 자신에게는 관대하고 남에게는 엄격한 이중 잣대를 사용해서야 되겠는가?

우리가 윌리엄과 개의 이야기를 통해 배울 수 있는 교훈은 바로 사물을 볼 때는 겉모습이 아닌 본질을 파악하고 다른 사람에게 관대하라는 것이다. 자신의 태도를 바꾸고 다른 사람에게 관대해진다면 지금보다 더 많은 친구를 얻게 될 것이다.

명언 한마디

인간과 동물의 진짜 차이는 내면에 있는 무형의 힘과 가치다.

– 타고르(Rabindranath Tagore, 인도의 근대 종교개혁자-옮긴이)

55 포도주에 비친 그림자

| 사랑에는 믿음이 있어야 하고, 믿음은 견고해야 한다 |

아주 먼 옛날, 농사를 지으며 사는 금슬이 좋은 부부가 있었다.

남편의 생일날, 그가 아내에게 말했다.

"여보. 주방에 꼭꼭 숨겨 놨던 단지에서 포도주 좀 떠 와요. 같이 축배나 듭시다."

그런데 단지의 뚜껑을 열던 부인은 자신의 그림자를 보고 남편이 집 안에 다른 여자를 숨겨 둔 것으로 착각해 씩씩 화를 내며 남편에게 따져 물었다.

"어라! 단지 안에다가 다른 여자를 숨겨 놨다 이거지? 당신, 겨우 이 정도밖에 안 되는 사람이군요!"

남편은 부인의 말을 듣고 뭔가 이상하다는 생각이 들어 주방에 가서 단지를 열어 보았다. 잠시 후, 남편은 아내가 집 안에 다른 남정네를 숨겨 뒀다며 노발대발 화를 냈다.

두 사람은 자신들이 본 것이 사실이라고 믿었기 때문에 서로의 말은 듣지도 않고 싸우기 시작했다. 결국 그들은 시비를 가리기 위해 마을의 촌장을 집으로 불렀고 마을의 촌장은 단지의 뚜껑을 열어 보았다. 그런데 촌장은 포도주에 비친 자신의 그림자를 보고 이 부부가 잘잘못을 가리기 위해 다른 사람을 또 불러 온 줄 알고 크게 화를 내며 그대로 떠나 버렸다.

포도주 단지 속에 비친 그림자는 부부가 따로 숨겨 둔 애인이 아닌 자신들의 그림자다. 하지만 금슬 좋은 이 부부는 자신들의 그림자를 보고 싸우기 시작했다. 과연 왜 그랬을까?

이유는 매우 간단하다. 바로 일어나는 현상에 대해 깊이 생각해 보지 않고 판단했기 때문이다.

우리 주변에는 허구의 것들이 수없이 존재한다. 단적인 예로 사막을 걷다 보면 오아시스를 발견하게 된다. 그러면 목이 마른 보행자들은 오아시스를 향해 가는데, 아무리 걸어가도 오아시스는 끝내 나타나지 않고 결국에는 목말라 죽게 된다.

환영(幻影)은 환영일 뿐 실제로 존재하지 않는다. 만약 진지하게 판단하지 않는다면 결국 손해 보는 쪽은 자신일 것이다.

명언 한마디

아름다움은 어느 곳에나 존재한다. 단지 우리가 잘 발견하지 못할 뿐이다.

– 로댕(Auguste Rodin, 프랑스의 조각가-옮긴이)

56 충동적인 주인과 충성스러운 개

| 친구를 얻기는 힘들지만 잃기는 쉽다 |

미국의 알래스카에서 일어난 일이다. 아이를 낳다가 먼저 세상을 떠난 부인을 대신해 아이를 키우는 한 젊은 남자가 있었다. 그는 혼자 일하며 아이를 키웠는데 그 일이 결코 만만하지가 않았다. 아이를 봐 줄 보모도 찾아봤지만 딱히 마음에 드는 사람이 없었다. 결국 그는 훈련을 받아 말도 잘 듣고 아이를 잘 돌봐 주는 개를 키우기로 결심했다.

그러던 어느 날, 남자는 여느 때와 같이 아이를 개에게 맡기고 멀리 나갔다가 이튿날 아침에서야 돌아왔다. 개는 허겁지겁 돌아오는 주인의 소리를 듣고 꼬리를 살랑살랑 흔들며 반겨 주었다. 그런데 그런 개를 쓰다듬어 주려고 보니 입가에 피가 묻어 있었고 바닥에는 피가 낭자했다. 더욱이 아이는 침대에 있지 않았다. 갑자기 식은땀이 나고 전신이 파르르 떨리기 시작한 남자는 틀림없이 개의 야수성이 깨어나 아이를 잡아먹었으리라 생각하고 칼로 개를 죽이고 말았다.

그런데 그가 슬픔에 잠겨 있을 무렵, 어디선가 아이의 목소리가 들려왔다. 분명히 침대 아래에서 나는 소리였다. 그제야 남자는 주변을 찬찬히 둘러보기 시작했다. 자세히 보니 개의 뒷다리 한쪽은 무슨 일인지 잘려져 있었고 뒷문에는 늑대 한 마리의 시체가 널브러져 있었다. 개는 남자가 집에 없는 동안 늑대로부터 아이를 구하기 위해 다리 한쪽을 잃어 가며 용감히 싸웠는데 오히려 남자는 이를 오해하고 개를 죽였던 것이다.

우리는 상대방에 대한 이해가 부족하고 깊이 생각해 보지 않았을 때, 그리고 감정이 극에 달해 충동적일 때 오해를 하게 된다. 일단 오해가 생기면 상대방의 실수만 생각하여 오해의 정도가 더욱더 심해지고 결국에는 무서운 결과를 낳고 만다.

사람에게는 저마다 정서라는 것이 있는데 이는 쉽게 통제할 수 있는 것이 아니다. 하지만 이유가 어찌 됐든 반드시 통제해야 하는 것이기도 하다. 특정한 정서의 지배를 받으면 후회할 일을 만들기도 한다.

때로 정서를 통제하지 못하고 그대로 드러낼 경우 매우 복잡한 상황이 전개되기도 한다. 총을 닦다가 오발이 되는 것처럼 말이다. 하지만 현명한 사람들은 대개 금세 정서를 추스르고 본연의 모습으로 돌아간다.

자고로 사람을 평가할 때는 그 사람의 마음가짐과 일하는 태도를 봐야 한다고 했다. 사람의 마음가짐은 품행과 성격에서 나오며 마음을 잘 다스리는 사람은 정서를 통제할 줄 안다. 반면에 무슨 일이 생겼을 때

냉정을 잃고 극단적인 수단으로 처리하려는 사람에게는 절대로 중요한 임무를 맡겨서는 안 된다.

정서를 잘 통제하면 저항력이 오히려 원동력이 되는 전화위복의 상황을 만들 수 있다.

그렇다면 정서를 잘 통제하기 위해서는 어떻게 해야 할까? 바로 이성적으로 자제하고 아량이 있어야 한다. 아량은 자신을 공격해 오는 사람이 있을 때 자존심과 인격을 지키면서 주도권을 잡게 해 준다. 이로써 공격자는 원하든 원하지 않든 간에 도덕적인 심판을 받게 된다.

자제하는 것도 지혜다. 유혹을 뿌리칠 수 있기 때문이다. 그래서 성공한 사람들은 자제하는 것을 목표로 삼고 이를 실현하며 더 큰 성공을 향해 나아간다.

명언 한마디

죄악의 길로 떨어지기는 매우 쉽다.

— 버질(Publius Vergilius Maro, 고대 로마의 시인–옮긴이)

57 물과 불

| 불은 서로 어울릴 수 없다 |

물과 불은 서로 어울릴 수 없는 원수지간이지만 애초에는 서로 평화롭게 잘 지냈다고 한다.

그러던 어느 날, 한 꼬마가 집에서 촛불을 가지고 놀다가 그만 쓰러트려 집에 불을 내고 말았다. 꼬마의 가족들은 눈앞에서 불이 마구 번지는 것을 보고 있자니 마음이 너무 급했다. 그런데 이때 꼬마가 불붙은 곳을 향해 소변을 보았는데 불길이 조금 수그러들었다. 그러자 가족들은 급하게 물을 퍼 와 불길을 잠재우는 데 성공했다.

이렇게 물이 불의 기세를 꺾은 뒤부터는 서로 철천지원수지간이 되었다.

물과 불이 서로 어울릴 수 없다는 것은 세 살 꼬마도 모두 아는 사실이다. 하지만 물과 불이 서로 어울릴 때가 있었다니 믿겨지는가?

먼저 물 한 주전자를 끓이려고 해도 불이 필요하다. 그렇다면 절대로 같은 하늘 아래 함께 못 있을 것처럼 굴던 물과 불이 왜 그럴 땐 서로 협력하는 것일까? 그것은 바로 서로 이루고자 하는 목표가 같기 때문이다.

물 없이 불만 있으면 평생 불을 때도 끓을 물이 없다. 반대로 불 없이 물만 있으면 영원히 물을 끓일 수 없다. 따라서 서로 화합할 수 없는 물과 불은 같은 목표를 위해 협력 관계를 맺는다.

이렇듯 물과 불도 서로 협력할 때가 있는데 왜 사람들은 적수를 만나면 꼭 네가 죽고 내가 살겠다며 다투는 것일까? 왜 자신이 소속된 집단이 발전할 수 있도록 협력하지 않고, 다른 사람이 자신보다 더 좋은 성적을 받으면 그 사람을 헐뜯으려고 할까?

라이벌 관계라도 공동의 목표가 있다면 마땅히 동맹 관계가 되어야 한다.

원수라고 영원히 원수로 지내라는 법은 없다. 모순점도 원만히 해결될 때가 있지 않은가! "천시불여지리 지리불여인화(天時不如地利 地利不如人和)"라는 말이 있다. 하늘로부터 받은 좋은 기회, 지세의 이점, 사람의 화목함 중에서 사람의 화목함이 가장 중요하다는 뜻이다. 공동의 이익이 개인의 이익보다 클 때 필요에 따라서 개인적인 욕심과 감정을 버리고 상대방과 손을 잡고 협력하도록 하자!

명언 한마디

예의를 갖추는 것은 가장 쉽고 소중한 일이다.

– 솔제니친(Aleksandr Isayevich Solzhenitsyn, 러시아의 소설가—옮긴이)

58 소에게도 칭찬이 필요하다

| 현명한 사람에게는 자기 일을 잘 처리할 충분한 지혜가 있다 |

자신들이 기르는 소로 시합을 벌인 뒤 진 사람이 이긴 사람에게 오백 달러를 주기로 내기를 건 두 남자가 있었다. 시합을 앞두고 한 남자가 자신의 소에게 윽박지르며 말했다.

"이 미련한 소야, 꼭 이겨야 한다!"

소는 주인의 말을 듣고 바로 바닥에 엎드려 일어나지 않았다. 그 바람에 그는 시합에서 지고 말았다. 집에 돌아간 뒤 주인이 소에게 말했다.

"네가 싸움을 잘하는 소라고 믿었건만 오늘 시합에서 보기 좋게 지고 말다니. 세상에 이렇게 창피한 일이 어디 있냐!"

그러자 잠자코 주인의 말을 듣고 있던 소가 말했다.

"주인님, 다시 한 번 시합을 하게 해 주세요. 그러면 꼭 오늘 잃은 돈을 되찾아 오고 말겠어요."

결국 다시 한 번 시합이 벌어졌고 주인은 잃었던 돈을 다시 찾아올 수 있었다.

모든 사물에는 저마나 나름대로의 성질이 있고 우리는 그것을 존중해 주어야 한다.

아마 다른 사람에게 싫은 소리를 들어 가며 목표를 달성하고 싶어하는 사람은 없을 것이다. 누구나 힘이 솟는 격려의 말을 듣고 싶어하지 기분이 상한 채로 일하고 싶어하지 않기 때문이다. 격려의 말을 자주 들으면 일상생활에서 용기를 얻어 일을 잘하고자 하는 결심을 하게 된다.

한번 생각해 보라. 전쟁터에 나가기도 전에 대장이 병사들에게 끊임없이 욕을 퍼붓는다면 병사들이 사기충천하여 잘 싸울 수 있겠는가? 아버지가 수시로 아이를 때리고 꾸짖으면서 아이가 명랑해지길 바란다면 어떨까? 아마 이렇게 되면 아이는 아버지를 무서워하게 될 것이다. 그렇다면 이렇게 겁먹은 아이가 공부는 잘할 수 있을까? 대부분의 가정교육이 실패하는 이유 가운데 하나가 바로 부모가 늘 아이를 타박하는 것이다. 더 이상의 예를 들지 않아도 왜 그런지는 모두가 잘 알리라고 본다.

가끔 격려의 말은 뜻밖의 효과를 발휘하기도 한다. 마치 주인이 태도를 바꾸자 소가 다음 번 시합에서 이겼던 것처럼 말이다.

덜 꾸짖고 더 칭찬한다면 당신도 뜻밖의 결과를 얻을 수 있을 것이다.

명언 한마디

선한 기운으로 사람을 대하면 형제처럼 친밀해지고
악한 기운으로 사람을 대하면 창칼보다 더 해롭다.

— 관중(管仲, 중국의 춘추 시대 제나라의 재상—옮긴이)

59 축배를 드시오, 사랑하는 외투여

| 옷이 날개다 |

어느 날, 연회에 초대를 받은 아리스토텔레스(Aristoteles)는 평범한 옷을 입고 그 자리를 찾아갔다. 그러자 주인은 그가 누군지 잘 모르겠다는 듯이 시큰둥한 반응을 보였다.

이에 아리스토텔레스는 다시 집으로 돌아가 근사한 외투를 걸치고 다시 연회장에 나타났다. 이번에는 주인의 태도가 완전히 달랐다. 그는 겸손한 자세로 손님들에게 아리스토텔레스를 소개하고 술도 따라 주었다.

그러자 아리스토텔레스가 근사한 외투를 벗은 뒤 손에 들고서 말했다.

"축배를 드시오, 사랑하는 외투여."

많은 사람들이 아리스토텔레스를 의아하게 쳐다보자 그가 말했다.

"여러분이 잘 모르셔서 그렇습니다. 이 외투는 신분이 매우 높은 친구죠. 이 외투를 입고 나타나자마자 여러분이 제게 예의를 갖췄으니까요. 이 외투도 엄연한 오늘의 손님입니다."

사실, 아리스토텔레스의 행동이 기괴하다고 탓하기는 힘들다. 사람들은 아리스토텔레스가 저명한 철학자라는 사실을 잘 알면서도 그가 근사한 외투를 입고 나타나서야 그를 알아보았다. 그만큼 그들에게는 아리스토텔레스가 걸치고 있는 외투가 중요했던 것이다.

연회를 주최한 사람의 태도도 다른 사람들과 다르지 않았다. 그의 상반된 태도에서 아리스토텔레스는 깨달음을 얻었기 때문이다.

겉모습만 보고 사람을 판단하는 것은 옳지 않다. 겉모습이 아닌 내면을 볼 줄 알아야 한다. 겉모습은 화려한데 내면은 초라한 사람도 있는 법이다.

물론 겉모습에 신경 쓰는 것이 나쁘다는 뜻은 아니다. 단정한 외모는 개인의 이미지를 형성하는 동시에 가장 짧은 시간 안에 다른 사람들에게 호감을 심어 줄 수 있다.

겉모습에 얼마나 신경 쓰는가는 개인의 관심사이므로 다른 사람의 기준에 맞출 필요는 없다. 하지만 옷차림으로 그 사람을 판단하는 일은 없어야 한다.

명언 한마디

파리 몇 마리가 물어도 달리는 말은 멈추지 않는다.

– 볼테르(Voltaire, 18세기 프랑스의 작가이자 계몽주의자–옮긴이)

60 사자의 신용

| 무엇이든 믿는 것과 어느 누구도 믿지 않는 것은 똑같은 약점이다 |

사자와 이웃해 사는 원숭이가 있었는데 하루는 원숭이가 새끼들을 모두 사자에게 맡기고 외출을 했다. 그런데 사자가 잠깐 졸고 있을 때 독수리가 날아와 원숭이 새끼 한 마리를 낚아채 갔다. 졸다가 깨어난 사자는 독수리가 원숭이 새끼를 물고 날아가자 뒤를 쫓아가며 제발 원숭이를 무사히 돌려 달라고 애원했다. 그러자 독수리가 말했다.

"원숭이를 돌려주면 난 굶어 죽는단 말이야!"

결국 사자는 새끼들을 잘 돌봐 주기로 했던 원숭이와의 약속을 잘 지키기 위해 스스로 살을 베어 내 독수리에게 주고 새끼를 무사히 데려왔다.

이는 친구와의 약속을 충실히 지킨 사자의 이야기다.

만약 당신이 사자라면 자신의 살을 베어 내면서까지 약속을 지키겠는가? 왜 사자는 다른 토끼나 짐승을 잡아 원숭이 새끼와 맞바꾸지 않았을까? 친구에게 신용을 잃지 않는 동시에 남에게 해를 끼치지 않기 위해서 그랬던 것은 아닐까?

정말 한 번 한 약속은 꼭 지키는 사자가 대단하기만 하다.

우리도 친구에게 충실해야 한다. 친구 없이 혼자 살 수 있는 사람은 아무도 없다. 사실, 친구에게 충실한 것은 자신에게 충실한 것과 같다. 역으로 생각했을 때, 오늘 당신이 친구를 배반하면 내일은 다른 친구가 당신을 배반할 수도 있기 때문이다.

누군가에게 약속을 잘 지키는 충실한 친구가 되자!

명언 한마디

신용을 지키는 것이 유명한 것보다 낫다.

– 루스벨트

사랑의 신조

살면서 가장 행복한 일은 누군가의 사랑을 받는 것이다

사랑은 사람의 마음을 활기차게 만드는 힘이 있어서
사람들의 마음속에 있는 장벽을 허물어 주고 서로를 끈끈하게 이어 준다.
또한 고독과 무력감을 없애 주고 자아의 독립을 완성시켜 준다.

| 에리히 프롬(Erich Fromm, 미국의 정신분석학자이자 사회심리학자–옮긴이)

61 | 인격을 논한 상인과 남자 아이

| 정직하고 착한 외모는 많은 결점을 덮어 준다 |

한 상인이 남자 아이에게 물었다.

"혹시 일하고 싶은 생각이 없느냐?"

남자 아이가 대답했다.

"일이요? 너무 하고 싶어요."

"그런데 내 밑에서 일을 하려면 반드시 네가 어떤 인격을 지닌 사람인지 보여 줘야 한단다."

"알겠습니다. 잠깐만 기다려 주세요. 제가 전에 일하던 곳의 사장님을 모셔올게요."

"그래, 얼른 다녀와라. 네 옛 사장님과 네 일을 잘 상의해 볼 테니."

그런데 옛 사장을 찾으러 간 남자 아이는 한나절이 지나도 돌아오지 않았다. 이튿날, 다시 남자 아이를 우연히 만난 상인은 약속을 지키지 않은 것에 화를 냈다.

그러자 남자 아이가 대답했다.

"어제는 정말 죄송했어요. 실은 옛 사장님께서 아저씨의 인격이 어떤지 말씀해 주셨거든요."

인간에게는 동물과는 달리 사회성이라는 것이 있는데 사회성이 강할수록 인격에 대한 요구도 높아진다. 사람은 누구나 인격을 갖출 필요가 있다. 만약 사회 구성원 모두가 인격이 없다면 아마 그 사회는 상상하기도 힘든 모습일 것이다. 이렇듯 인격은 어떤 의미에서 사회 질서를 유지하기 위해 인간의 행동을 자제시키는 구속력이라고 할 수 있다.

일반적으로, 어떤 사회가 도덕적으로 부패하면 곧 위기를 맞게 된다. 프랑스 대혁명이 일어나기 전의 프랑스 사회는 교회의 힘이 막강하여 교회와 관련한 사람들이 사회 최고 계층을 차지하고 있었다. 하지만 그들 집단은 부패했고 이것이 어느 정도 국민들의 원성을 사는 계기가 되어 결국 프랑스 대혁명을 촉발시키고 말았다.

이야기 속의 상인은 사업의 번창을 위해 자연스럽게 고용원에게 높은 인격을 요구했다. 하지만 그는 남에게 인격을 요구하기에 앞서 자신의 인격은 어떠한지 생각해 보지 않았다. 비록 아이는 "옛 사장님께 아저씨의 인격이 어떤지 들었어요"라고 말했지만 굳이 더 말하지 않아도 이 말이 "아저씨 인격이 별로래요"라는 뜻이라는 것을 짐작할 수 있다. 그래서 아이는 상인을 다시 찾아가지 않았을 것이다.

이렇듯 우리 주변에는 남에게는 여러 가지 요구하는 것이 많으면서 정작 자신에게는 엄격하지 못한 사람들이 많다. 과연 왜 그런 것일까?

바로 상대방에 비해 자신이 더 유리한 위치에 있기 때문이다. 예컨대, 상인은 직원을 고용할 수도, 또 해고할 수도 있는 유리한 위치에 있다. 그래서 구직자에게 어떤 요구를 하면 어떤 반응이 나올지 훤히 알고 있었던 것이다.

다른 사람에게 많은 것을 요구하기 전에 나 자신은 그런 요구 조건을 만족하는지 돌이켜 보자! 특히 인격에 대해서는 자신에게 엄격히 요구해야 한다.

인격이 좋은 사람은 고귀한 사람이고, 고귀한 사람은 고귀한 행동을 한다. 그리고 이런 행동은 주위 사람들이 바람직하게 변화되도록 하는 힘이 있다. 이로써 다른 사람들이 당신을 존중하게 되고 하는 일도 더욱 잘되게 된다.

인격이 당신의 일에 미치는 영향을 간과하지 말자. 그것을 간과했을 때 가장 손해를 보는 사람은 바로 당신이다.

명언 한마디

위대한 인격 없이는 위대한 사람도 없고,
더 나아가 위대한 예술과 위대한 행동가도 없다.

– 로맹 롤랑(Romain Rolland, 프랑스의 소설가이자 극작가로 《장 크리스토프》로 노벨문학상을 수상했다–옮긴이)

62 백만장자의 동정심

부자가 하나면 세 동네가 망한다

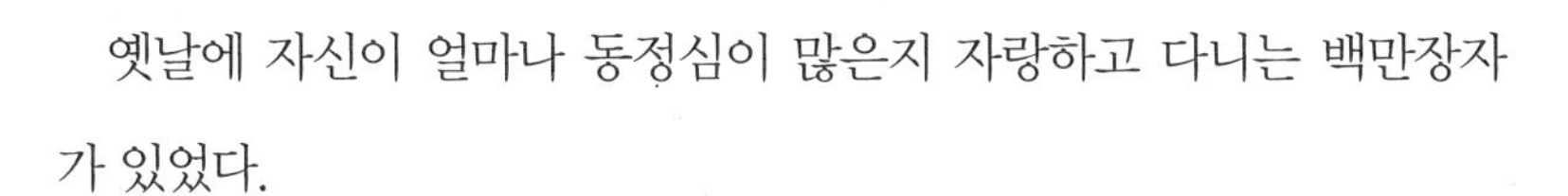

옛날에 자신이 얼마나 동정심이 많은지 자랑하고 다니는 백만장자가 있었다.

그러던 어느 날, 한 가난한 농부가 백만장자를 찾아왔다. 그는 자신이 얼마나 가난하고 인생이 얼마나 비참한지 아주 생동감 있게 말했다. 백만장자도 수많은 가난뱅이의 이야기를 들어 봤지만 이토록 생생하고 가슴 아픈 이야기는 처음이었다. 백만장자는 줄줄 흐르는 눈물을 닦으며 하인에게 말했다.

"톰! 어서 이 사람을 쫓아내게. 이야기가 너무 슬퍼 내 가슴이 찢어지는 것 같네."

백만장자는 늘 자신이 동정심이 많다고 자랑하고 다녔지만 찢어지게 가난한 농부를 만났을 때 동정심의 실체를 드러내고 말았다. 평소

하고 다니던 말과 실제 행동이 일치하지 않는 무정한 면을 보이고 만 것이다.

이런 동정심은 표면적인 동정심에 지나지 않는다. 그의 동정심은 진심이 아니고 그저 말에만 머무를 뿐이며 자신의 이름을 널리 알리기 위한 구실에 불과하다. 그는 가난한 농부의 이야기를 다 듣고 전에 없는 감동을 느낀 뒤 단지 눈물 몇 방울을 흘리고는 매정히 그의 도움을 거절했다. 그의 잠재의식에는 근본적으로 동정심이 없었던 것이다.

동정심은 화려한 미사여구가 아닌 행동으로써 보여 주어야 한다.

우리는 다른 사람들의 화려한 말솜씨에 쉽게 감동하고 자신의 성격이 얼마나 좋은지 자랑하기를 좋아한다. 하지만 진실로 누군가를 도와야 할 때는 이런 말들을 하지 않는다. 진실한 행동으로 그 말을 실천해야 위험에 처한 사람과 가난하고 어려운 사람을 구제할 수 있다. 그리고 그런 사람만이 동정심을 가장 잘 이해하고 있는 사람이다.

한번 생각해 보자. 길거리에서 돌아갈 집이 없어 제대로 씻지도, 먹지도, 자지도 못하는 사람들에게 돈을 준 적이 있는가? 암 환자를 돕는 성금을 모금할 때 적극적으로 나서 모금 행사에 참여한 적이 있는가? 친구의 부모님이 돌아가셨을 때 바쁜 일을 모두 팽개치고 달려가 친구를 위로한 적이 있는가?

자신을 동정심이 풍부한 사람이라고 말하는 사람들은 많다. 하지만 그것을 실천하는 사람은 그리 많지 않다. 진심이 없는 말로는 영원히 아름다운 동정심의 꽃을 피울 수 없다.

만약 당신이 지금까지 말로만 동정심을 표현해 왔다면 앞으로는 행동으로 실천해 보자!

명언 한마디

흙을 쌓으면 성벽이 되고 더 넓게 쌓으면 두터운 토지가 된다.

– 이백(李白, 중국 당나라의 시인으로 두보(杜甫)와 함께 중국 최고의 시인으로 꼽힌다–옮긴이)

63 어머니의 청구서

| 내가 모든 것을 갖고, 모든 것을 할 수 있었던 이유는 천사 같은 어머니가 있었기 때문이다 |

아버지가 상점을 운영하시는 피터는 아직 어린 나이지만 아버지 일을 잘 돕는다. 특히나 상점에는 매일 영수증과 계산서로 처리할 일이 많은데 피터는 그것들을 우체국에 가서 붙이는 일을 잘했다. 피터가 일하는 실력은 거의 상인이나 다름없었다.

그러던 어느 날, 피터에게 좋은 생각이 떠올랐다. 곧 그는 어머니에게 계산서를 보내 지금껏 집안일을 도왔던 것을 금액으로 환산해 일당을 청구했다.

며칠 후, 어머니는 부엌에 들어갔다가 식탁 위에서 이렇게 쓰인 청구서를 발견했다.

"어머니는 아들 피터에게 다음과 같은 항목의 일당을 지불해야 합니다. 생필품 심부름 값 20페니, 편지를 우체국에 붙이고 온 심부름 값 10페니, 정원에서 어른들을 도운 값 20페니, 말 잘 듣는 착한 아들이니 10

페니, 총 60페니입니다."

피터의 어머니는 아들의 청구서를 자세히 보고는 할 말을 잃었다.

그날 저녁, 피터는 자신의 방 책상 위에 놓여진 60페니를 발견했다. 회심의 미소를 지으며 주머니에 돈을 집어넣으려는 순간, 종이쪽지 하나가 눈에 띄었다.

조심스럽게 펴 보니 이런 글들이 적혀 있었다.

"피터도 어머니에게 다음 항목의 비용을 지불해야 한다. 집 안에서 10년간 유년 시절을 보낸 비용 0페니, 지난 10년간 먹이고 재워 준 비용 0페니, 아파할 때 보살펴 준 비용 0페니, 지금껏 자상한 어머니가 되어 준 비용 0페니, 총 0페니다."

피터는 어머니의 청구서를 읽는 동안 제 자신이 너무나 부끄러웠다. 잠시 후, 피터는 어머니에게 달려가 품속을 파고들며 조심스럽게 60페니를 다시 되돌려 주었다.

아들, 딸에게 보내 주는 가장 따뜻하고 위대한 사랑은 바로 어머니의 사랑이다. 어머니의 사랑에는 어머니의 땀과 마음, 자식을 위한 아낌없는 헌신, 수고가 녹아 있다.

어머니는 자녀를 낳을 때 견딜 수 없는 육체의 고통을 겪고, 키울 때는 세심한 마음의 고통을 겪었나. 또한 자녀가 평안히 살지 못하고 불행할까 봐 늘 마음속으로 자녀들이 평안하길, 심지어는 이미 너무나 많은 고통을 당했으면서도 자녀들을 대신해 고통과 좌절을 떠안기를 하늘에 빈다.

어머니와 자녀는 영원히 함께 있을 수밖에 없다. 태어나기 전에는 하나의 탯줄로 이어져 필요한 모든 것들을 어머니로부터 공급 받았고, 태어난 뒤에는 모정으로 이어져 있다. 옹알이를 할 때부터 이가 날 때까지, 비틀거리며 걸음마를 배우기 시작할 때부터 첫 걸음을 혼자 뗄 때까지, 초등학교에 들어가 고등학교를 마칠 때까지 모정은 항상 기적을 일으켜 왔다.

어느 작가가 말했다.

"마늘이 있어야 마늘 싹이 자랄 수 있듯이 우리는 어머니의 사랑 덕분에 살 수 있다. 우리가 다른 사람에게 평가를 당할 때 어머니는 우리 때문에 시간을 빼앗기신다."

골드만삭스(Goldman Sachs, 세계적인 투자은행이자 증권회사-옮긴이)에 의하면 어머니가 자녀들을 위해서 평생 한 일을 돈으로 계산하면 육십삼만여 달러에 달한다고 한다. 과연 이 어마어마한 돈을 지불할 능력이 되는 자녀가 몇이나 될까? 더욱이 자녀에 대한 어머니의 사랑이 돈으로 살 수 있는 것이란 말인가? 이 세상에 어머니의 사랑을 대신할 수 있는 것은 아무것도 없다. 어머니의 아낌없는 사랑을 받을 때 자녀들은 이미 영원히 갚을 수 없는 막대한 빚을 지는 것이다.

무한한 어머니의 사랑, 그것은 가장 소중한 재산이다.

명언 한마디

욕심까지 버리고 자신을 희생하는 어머니의 사랑이 없다면
아이의 마음은 황무지와 같다.
– 디킨스

64 | 농부의 요구

| 요구하는 바가 너무 높아도 성공하기 어렵다 |

인간 세계의 많은 사람들이 매일같이 자신에게 수없이 많은 간절한 기도를 올리자 하느님은 그들의 소원을 직접 들어주기로 했다.

인간 세계에 내려온 하느님은 먼저 한 농부를 만났다. 그에게 어떤 소원이 있냐고 묻자 그는 많은 양을 갖고 싶다고 했다. 그러자 하느님은 그의 소원을 들어주었다.

하느님은 또 다른 농부를 만나 소원을 물었다. 그는 지금보다 좋은 집에서 살고 싶다고 했다. 하느님은 이번에도 그의 소원을 들어주었다.

세 번째 농부를 만났을 때 그의 표정은 어딘지 모르게 뿌루퉁했다. 하느님이 앞서 만난 두 농부가 잘살자 질투가 났던 것이다. 소원을 말해 보라는 하느님의 말씀에 세 번째 농부가 대답했다.

"하느님, 첫 번째 농부의 양을 모두 죽여 주시고, 두 번째 농부의 집도 허물어 주세요."

그러자 화가 난 하느님은 발을 동동 구르며 바로 인간 세계를 떠나 버렸다.

원래 하느님은 인간 세계의 사람들에게 축복을 전해 주기 위해 내려온 것인데 하필이면 다른 사람의 축복을 질투하는 농부를 만나고 말았다. 그런데 살다 보면 이처럼 애초의 뜻과는 다르게 일이 진행될 때가 많다.

길거리를 걷다 보면 거동이 불편하여 바닥에 엎드린 채 기어 다니며 도와 달라고 하는 사람들이 있다. 그러면 측은지심에 돈을 주는 사람들이 많다. 하지만 나중에 멀쩡히 거리를 활보하며 걸어 다니는 그를 보게 되면 마치 찬물이라도 뒤집어쓴 듯한 기분이 든다.

당신이 유명한 가수가 되길 바라며 어려서부터 각종 음악 수업을 듣도록 한 부모님이 있다고 치자. 그런데 당신은 음악에는 흥미가 없어 열심히 배우지 않고 매일 놀기만 했다. 게다가 수업을 받아도 발전이 없고, 흥미도 갈수록 떨어져 툭하면 수업을 빼먹곤 했다. 만약 이런 상황이라면 부모는 아이가 음악에 소질이 없다는 사실을 깨닫고 새로운 적성을 찾을 수밖에 없다.

누구나 일이 애초의 뜻과 다르게 풀리는 경험을 할 수 있다. 이런 일이 발생하지 않도록 하기 위해서는 날카로운 통찰력을 키워야 한다. 만약 누군가를 축복하고자 한다면 그가 동정할 만한 가치가 있나 생각해 보자. 만약 누군가가 당신에게 어떤 요구를 한다면 이야기 속의 하느님처럼 선과 악을 확실하게 구분하여 들어 주자. 누군가에게 당신의 소원을 들어 달라고 요구할 때는 그 사람의 개성을 꼭 존중해 주자. 그래야 일이 애초의 뜻과는 다르게 풀릴 가능성이 줄어든다.

명언 한마디

지식이 광대한 사람일수록 인격도 완벽하다.
– 고리키

65 땅속의 보물을 보는 눈

| 재앙은 빠른 날개를 갖고 있다 |

옛날에 어떤 사람이 도를 닦기 위해 산에 들어갔다. 그리고 마침내 한 가지 재주를 익혔는데 그것은 바로 땅속에 묻혀 있는 보물을 볼 수 있는 능력이었다.

국왕은 이 사람에 관한 소문을 듣고 매우 기뻐하며 신하들에게 말했다.

"그를 우리 나라에서 평생 살게 할 방법이 없을까? 땅속의 보물을 볼 수 있다니, 그가 있으면 얼마나 많은 보물을 캘 수 있겠는가!"

그러자 국왕에게 잘 보이고 싶었던 한 신하가 그를 찾아가 두 눈을 빼내 국왕에세 달려가 말했다.

"전하. 제가 그자의 두 눈을 빼 왔습니다. 그는 이제 어느 곳에도 가지 못할 것입니다."

하지만 신하의 예상과는 달리 국왕은 매우 화를 냈다.

"내가 그를 곁에 두려고 했던 것은 그를 이용해 땅속의 보물을 캐내기 위해서인데 그 눈을 네가 망쳐 놓았으니 이제 무슨 소용이 있겠느냐!"

신하는 국왕의 말을 듣고 짧은 소견으로 잘못 이해하여 그 사람의 두 눈만 있으면 지하에 매장된 보물을 캘 수 있으리라고 생각했다. 하지만 사람의 몸을 떠난 두 눈으로는 아무것도 볼 수 없다. 결국 신하는 국왕의 뜻을 오해하여 일을 그르친 것이다.

이 이야기를 신비한 능력을 갖고 있었던 사람의 입장에서 생각해 보자. 그가 두 눈을 신하에게 빼앗기게 된 이유는 그 눈이 바로 땅속에 있는 보물을 볼 수 있는 눈이었기 때문이다. 만약 그에게 그런 신비한 능력이 없었다면 보통 사람들처럼 평범하게 살 수 있었을 것이다. 하지만 그는 결국 땅속의 보물을 보는 신통한 두 눈 때문에 평생을 어둠 속에서 살아야만 한다. 이렇듯 뛰어난 재주가 있다고 꼭 좋아할 것만은 아니다. 오히려 화(禍)가 되어 뜻밖의 해를 끼칠 수도 있다.

명언 한마디

금전은 분뇨와도 같아 땅에 뿌려져야만 쓸모가 있다.
– 베이컨

66 방앗간을 뛰쳐나온 군마

| 말을 물가로 데려갈 수는 있지만 물을 마시게 할 수는 없다 |

어떤 나라의 국왕은 외적의 침입을 막기 위해 거금을 주고 외국에서 군마 오백 필을 사 왔다. 하지만 이 나라에서는 너무 오랫동안 전쟁이 일어나지 않았기에 오백 마리나 되는 말은 늘 마구간에서만 지냈다. 이때 이웃 나라에서 보낸 첩자가 국왕을 찾아가 그 말들을 그냥 놀리지 말고 방앗간에서 일을 시키는 것이 어떻겠냐고 제안했다. 국왕은 흔쾌히 그의 제안을 받아들였다. 이후 방앗간으로 보내진 군마들은 방아만 돌릴 줄 아는 말이 되어 버렸다. 얼마 후, 적군이 쳐들어왔고 방앗간의 말들은 모두 전장으로 보내졌다. 하지만 늘 방아만 돌리던 군마들은 싸움 생각은 않고 제자리에서 돌기만 했다. 결국 이 나라는 전쟁에서 졌고 그대로 나라도 멸망하고 말았다.

흔히 칼을 갈지 않으면 녹이 슨다는 말을 한다. 군마도 마찬가지다.

전쟁터에 있지 않고 오랫동안 방아 돌리는 일만 한 군마가 싸움을 잘할 리 없다.

사실, 국왕이 군마를 사들인 것은 정말 좋은 생각이었다. 전쟁터에서 말은 매우 중요한 역할을 하기 때문이다. 한때 아시아를 호령했던 몽골 제국도 말로 일어서지 않았던가! 따라서 평화롭지만 언제 닥칠지 모를 적국의 침입에 대비한 국왕의 생각은 지혜로웠다. 하지만 군마를 활용하는 데는 현명하지 못했다. 군마는 잠재적인 군사력임에도 국왕은 그 점을 확실히 인식하지 못하고 적국 첩자의 말을 들었다가 나라를 멸망시키고 말았다.

사람을 쓰는 것도 마찬가지다. 사람은 누구나 뛰어난 능력을 한 가지씩 가지고 있다. 그런데 만약 오랫동안 글만 써 온 사람에게 농사를 지으라고 한다면 그가 잘할 수 있겠는가? 싸움을 잘하는 병사에게 장사를 하라고 하면 그가 장사를 잘하겠는가? 설령 그가 장사를 잘하더라도 다시 전쟁터에 가서 싸움을 하라고 한다면 그가 신속히 전쟁터에 적응할 수 있겠는가?

어쩌면 당신은 미래에 어느 분야에서 지도자가 돼 있을지도 모른다. 만약 그때 직원을 고용하게 된다면 효과를 극대화하기 위해 그 사람의 특징과 장점, 능력을 바탕으로 합리적으로 일을 나누고 이에 따르도록 하자.

군마의 우수성도 잘 모르고 방앗간에서 방아를 돌리게 한 것은 자원을 크게 낭비한 것이나 다름없다.

한 사람의 능력을 제대로 파악하는 것은 힘든 일이다. 그런 사람을 합리적으로 활용하는 것은 더욱더 힘든 일이다. 사물의 용도를 잘 활용하는 눈을 키우자!

명언 한마디

사람이 그 재능을 다 발휘해야 백 가지 일이 잘된다.

– 손중산(孫中山, 중국의 혁명가로 민족, 민권, 민생을 강조한 삼민주의를 주장했다–옮긴이)

67 도끼를 판 젊은이

| 돼지에게 진주를 던져 주지 말라 |

어느 날, 시장에 나갔던 한 젊은이가 날이 매우 날카로운 도끼 한 자루를 샀다. 그는 그 도끼로 나무를 해서 시장에 내다 팔아 돈을 벌었고, 그렇게 번 돈으로 생필품도 샀다. 그럭저럭 생활도 꾸릴 만했다. 그런데 얼마 후 시장에 갔을 때였다. 젊은이가 도끼를 들고 시장에 나무를 팔러 나갔는데 웬 나이 든 부자가 그의 도끼를 무척 맘에 들어 하며 값을 비싸게 쳐 줄 테니 팔라고 제안했다. 젊은이는 잠시 망설였지만 부자가 높은 값을 부르자 두말 않고 도끼를 팔아 버렸다. 그러고는 한동안 도끼를 판 돈으로 생활했다. 하지만 돈은 쓸수록 없어지는 것이 아닌가. 결국 돈이 바닥 난 젊은이는 다시 시장에 나가 예전 것만큼 좋은 도끼를 사려고 했지만 도무지 구할 수가 없었다. 젊은이는 금세 가난해지고 말았다.

젊은이에게 있어 도끼는 생계 수단이다. 하지만 그는 큰돈에 눈이 멀어 도끼를 팔아 버렸고 이후 얼마간은 부유했지만 곧 가난해지고 말았다. 그렇다면 이번에는 부자의 입장에서 살펴보자. 사실 부자는 비싼 값에 한낱 도끼에 불과한 물건을 사들인 것이 아니다. 그는 그 도끼로 할 수 있는 일이 더 많을 것이라고 생각하여 비싼 값을 주고서도 산 것이다. 이것이 바로 젊은이와 차별되는 부자의 지혜다. 어리석은 젊은이는 도끼가 자신에게 얼마나 중요한 것인지 그 가치를 깨닫지 못하고 이를 팔아 버렸다. 눈앞의 작은 이익의 유혹에 넘어가 생계 수단인 도끼가 그에게 어떤 의미인지 모르고 결국 큰 손해를 본 것이다.

나이 든 부자가 산 것은 그저 젊은이의 도끼에 불과하지만 실은 그의 생계 수단을 사들인 것이다. 젊은이 대체 어떤 생각으로 자신의 생계 도구를 판 것일까? 산에 가서 나무를 하는 사람에게 도끼가 없다면 그가 할 수 있는 일은 아무것도 없다. 인류가 동물과 구분되는 점은 직립보행을 하는 것 외에 바로 도구를 만들 줄 안다는 것이다. 오늘날 발굴되고 있는 고대의 문물에는 원시적인 도구가 많다. 인류 역사의 발전 단계는 또 어떠한가? 사용했던 도구에 따라 구석기, 신석기 등으로 나누어진다. 이렇듯 도구는 일상생활에서 매우 중요한 역할을 해 왔다.

젊은이의 이야기가 주는 교훈은 무엇일까? 만약 도구가 없었다면 오늘날의 사회는 이토록 발전하지 못했을 것이다. 숟가락과 젓가락은 밥을 먹기 위해서, 또 볼펜은 글자를 쓰기 위해서 필요한 도구다. 물론 이외에도 실생활에는 많은 도구들이 있다. 좋은 도구가 있을수록 더 좋은 성과를 이룰 수 있으며 유용한 도구가 많을수록 더 빠른 발전을 이룰 수 있다. 이야기 속의 젊은이는 날카로운 도끼가 있었기에 돈을 벌고 여유로운 생활을 할 수 있었다. 하지만 그가 도끼를 팔고 난 다음에는 어떻게 되었는가? 결국 일도 못하는 가난한 신세로 전락하고 말았다.

명언 한마디

인생을 갖고 장난치려는 사람은 아무것도 이룰 수 없고
자신을 지배하지 못하는 사람은 영원히 노비일 수밖에 없다.
– 괴테(Johann Wolfgang von Goethe, 독일의 시인, 극작가, 정치가, 과학자–옮긴이)

68 편지를 팔아서 번 돈

| 자식을 사랑하지 않는 어머니는 없다 |

프랑스에서 유학 중이던 영국의 조지 왕자는 어느 날, 어머니 빅토리아 여왕에게 편지를 보냈다.

사랑하는 어머님께.

어제 무척 예쁜 목마를 봤는데 돈이 없어서 못 샀습니다. 제게 1파운드만 보내 주시겠습니까?

곧이어 빅토리아 여왕에게서 답장이 왔다.

사랑하는 아들아.

그 큰돈을 주고 장난감을 사려 하다니 넌 돈을 너무 헤프게 쓰는구나. 그럴 가치가 있나 한번 생각해 보려무나.

조지 왕자도 바로 답장을 올렸다.

사랑하는 어머님께.

아들을 걱정해 주시는 어머니의 사랑에 감사드립니다. 어머니의 편지를 팔아서 2파운드를 벌었어요. 이젠 사물의 가치를 판단하는 눈이 생긴 것 같습니다.

사물의 가치를 판단하기 위해서는 반드시 판단의 기준이 있어야 한다. 조지 왕자에게 있어 판단의 기준은 바로 돈이었다.

빅토리아 여왕은 아들에게 목마를 사지 말라는 뜻으로 사물의 가치를 판단하라고 말했다. 그녀가 보기에 목마를 사는 데 1파운드나 쓰는 것은 낭비였던 것이다. 하지만 조지 왕자는 어머니의 뜻을 잘못 해석하여 편지를 팔아 목마를 사고 말았다.

어느 시대를 막론하고 그 시대 나름대로의 특징이 있다. 이렇듯 환경이 변하면서 부모와 자녀 간에는 세대 차이가 나곤 한다.

세대 차이는 시대의 산물이다. 누구나 부모님이 자신을 이해해 주지 않는다고 불평한 경험이 있을 것이다. 이렇게 해 보고 저렇게 해 봐도 부모님이 양보해 주시지 않으니, 정말 부모님의 생각을 알 수 없다고 하면서 말이다.

그런데 이것은 매우 정상적인 현상이다. 사실, 자녀에게 이런 불만이 있다면 부모에게도 똑같은 불만이 있다. "우리 어릴 때는 안 그랬는데 요즘 아이들은 왜 이러냐!"라고 말씀하시는 것이 그 예다.

이렇게 세대 차이가 발생하는 이유는 부모와 자녀 간에 생기는 잦은 오해 때문이다. 하지만 부모님이 어떤 결정을 내리든, 그것은 모두 자녀가 더 잘되길 바라는 마음에서 내려진 결정이라는 사실을 꼭 기억해야 한다. 부모님은 자녀가 성장하던 모습을 모두 기억하고 있고 자녀가 발전하는 모습에 기뻐한다.

사실, 세대 차이는 아무것도 아니다. 관건은 바로 부모님과 자주 대화를 하는 것이다. 대화를 통해 부모님은 자녀가 어떤 생각을 하고, 어떤 일을 하고 싶어하는지 알 수 있다. 또한 자녀도 부모님의 고충을 알고 진심을 이해해 더 나은 관계를 수립할 수 있다.

부모님과 자주 대화를 하자! 이것이야말로 당신에게 가장 큰 재산이다.

명언 한마디

행복한 가정의 부모는 아이를 자애롭게 키우고,
아이는 그런 사랑에 부합하여 부모님을 잘 따른다.
– 베이컨

69 교묘한 자랑

| 기쁨과 슬픔은 옆집 이웃이다 |

아버지가 의상실을 운영하는 맥스는 세상에서 가장 아름다운 여인을 부인으로 맞았다.

맥스는 사람들을 만날 때마다 노골적으로 부인의 아름다운 외모를 자랑하느라 바빴다. 하지만 한편으로는 부인을 자랑하는 것 때문에 사람들의 질투를 사지 않을까 늘 걱정이 되었다. 그래서 그는 좋은 방법을 생각해 냈다.

어느 만찬회 날, 맥스는 말했다.

"내가 얼마 전에 결혼한 건 알고 있지? 내 부인 이름은 엘리자베스인데 말이야, 우리 로즈 처제가 그렇게 미인이야! 엘리자베스랑 로즈 처제랑 같이 서 있으면 누가 언니고 동생인지 구분할 수가 없다니까."

맥스는 정말 현명한 사람임에 틀림없다.

누구나 자기에게 자랑할 만한 물건이 있으면 그것을 다른 사람들에게 알리고 싶어한다. 사실, 이는 다른 사람들의 부러움과 동경을 사고 싶은 허영심이라고 할 수 있다.

하지만 현명한 사람은 직접적으로 자랑하지 않는다. 드러내 놓고 자랑할 경우 오히려 사람들의 시기를 사는 부작용이 따르고 심지어는 자랑한 것 자체가 화(禍)가 될 수도 있기 때문이다. 역사상 가장 유명한 '호프 다이아몬드' 의 전설(한 승려가 힌두교 시타 여신상의 눈에 박혀 있던 이 다이아몬드를 훔치면서 저주가 시작되었다. 이 다이아몬드에는 여신의 저주가 서려 있어 소유하는 사람마다 모두 불운을 겪었다. 대표적인 예로 루이 14세는 이 다이아몬드를 딱 한 번 착용한 뒤에 천연두에 걸려 죽었고 이를 즐겨 착용했던 마리 앙투아네트는 프랑스 혁명 때 참수되었다-옮긴이)만 봐도 그렇다. 그 다이아몬드를 가진 사람은 모두 저주를 받아 얼마 살지 못하고 죽고 말았다.

무언가를 자랑하고 싶을 때는 방법에 주의해야 한다. 만약 이야기 속의 맥스가 직접적으로 부인이 무척 아름답다고 말했다면, 다른 사람들은 믿지 않거나 혹은 질투했을 것이다. 때로 질투는 재앙의 근원이 된다. 따라서 자랑을 할 때는 유연한 방법을 택해 사람들의 심리적인 반감을 최대한 낮춰야 한다.

명언 한마디

어떤 화가는 태양을 그릴 때 무심코 황색 점을 찍지만
또 다른 화가는 그들의 기술과 지혜를 활용하여 황색 점을 태양으로 그린다.
– 피카소(Pablo Ruiz Picasso, 스페인 출신의 프랑스 화가로 입체파의 대표적인 화가다-옮긴이)

70 | 독수리 커플

| 친구를 잃는 데는 시간이 얼마 걸리지 않지만 사귀는 데는 오랜 시간이 걸린다 |

황금물결이 넘실대는 풍요로운 가을 날, 독수리 커플은 들녘에 나가 열매를 따서 둥지로 돌아왔다.

그런데 애초에 싱싱했던 열매는 시간이 지나자 바싹 말라 버려 크기가 반으로 줄어들고 말았다. 수컷 독수리는 화가 나 여자 친구인 암컷 독수리에게 말했다.

"어렵게 따 온 열매인데 왜 반밖에 안 남았지? 자기가 몰래 훔쳐 먹은 거 아냐?"

그러자 암컷 독수리는 변명을 했다.

"아니! 절대로 안 훔쳐 먹었어. 저절로 줄어든 거야."

"열매에 날개가 달린 것도 아닌데 저절로 날아갔다는 말을 믿으라는 거야? 훔쳐 먹고도 아니라고 발뺌하다니. 내가 자기를 잘못 봐도 정말 잘못 봤구나."

수컷 독수리는 화가 난 나머지 암컷 독수리를 부리로 쪼아 죽여 버렸다.

그로부터 며칠 후, 큰 비가 내렸다. 그러자 바싹 말라 있던 열매가 다시 통통해져 둥지를 가득 채웠다. 그제야 수컷 독수리는 여자 친구가 억울하게 죽었다는 사실을 알았다. 하지만 후회하기에는 이미 너무 늦은 때였다.

친구 간에 가장 큰 적은 무엇일까?

이미 눈치 챈 사람도 있겠지만 바로 의심이다.

세상에 혼자서 살 수 있는 사람은 아무도 없다. 누구나 한 명 혹은 그 이상의 주변 사람들과 대인 관계를 맺으며 생활한다. 또한 인간은 감정의 동물이기 때문에 자연히 주변 사람들에게 감정을 갖게 된다.

그렇다면 어떤 감정이 가장 소중한 것일까? 혈육 간의 정일까? 우정일까? 아니면 사랑일까?

사람마다 기준은 조금씩 다를 수 있지만 혈육 간의 정과 우정, 사랑 모두 소중한 감정임에는 틀림없다.

친정한 친구 사이에는 굳건한 믿음이 있는데 독수리 커플의 비극은 이런 믿음에 금이 간 데서 비롯됐다. 물론 독수리 커플은 사랑으로 이루어진 관계였지만 남자 친구, 여자 친구도 엄밀히 따지면 친구다.

두 마리의 독수리는 분명히 같이 먹을 생각으로 함께 나가 열매를 따서 둥지로 날랐을 것이다. 하지만 수컷 독수리는 상황을 자세하게 분석하지 않고 암컷 독수리가 열매를 반씩이나 몰래 먹었다고만 생각해 상황을 비극으로 만들고 말았다. 이렇듯 문제를 자세히 파악하지 않고 속단을 내리면 아무리 대단한 사람이라도 돌이킬 수 없는 비극을 만들게 된다.

친구 간에 불미스러운 일이 생기더라도 반드시 머리는 깨어 있어야 한다. 진정한 친구를 얻기는 잃는 것보다 훨씬 더 어렵기 때문이다. 아무리 절친한 친구 사이였어도 일단 믿음이 깨지면 작은 일에도 의심을 하게 되어 돌이킬 수 없는 결과를 만들고 만다.

친구와의 우정을 소중하게 여기자! 우정은 시간과 심혈이 빚어 낸 결정체다. 만약 친구를 쉽게 의심한다면 더 많은 친구를 잃게 될 것이다!

명언 한마디

진정한 우정은 건강과도 같아 잃어야 그 소중함을 알게 된다.

– 찰스 칼렙 콜튼(Charles Caleb Colton, 격언가·옮긴이)

修養

수양의 신조

예의를 갖추는 것은 돈을 쓰는 것이 아니라 모든 것을 얻는 것이다

나는 하루에도 백 번이 넘게 산 자와 죽은 자 모두를 통틀어
그들이 노동을 한 덕택에 내가 정신생활과 물질생활을 누릴 수 있는 것이라고
자신을 일깨운다.
그러므로 반드시 누린 만큼 내가 가진 것을 그들에게 되돌려 주어야 한다.

| 아인슈타인

71 과수원에서 노래 부른 당나귀

| 스스로 현명하다고 하는 사람이 오히려 어리석은 짓을 한다 |

사이가 굉장히 좋은 당나귀와 들소가 있었다. 그들은 늘 장난도 같이 치고 풀도 같이 먹으러 다녔다.

그러던 어느 날, 당나귀와 들소는 좋은 과수원 하나를 발견했다. 과수원에는 싱싱한 풀도 있고 잘 익은 과일도 많았다. 그들은 몰래 과수원에 들어가 아무렇지도 않게 풀과 나무에 달린 과일을 뜯어 먹었다. 하지만 과수원 주인은 이 사실을 전혀 눈치 채지 못했다. 풀과 과일을 실컷 먹은 뒤 배가 부른 당나귀는 기분이 좋은 나머지 노래를 한 곡 하려고 했다. 그러자 들소가 말리며 말했다.

"얘! 하느님께서 지금 노래 부르면 안 된대. 과수원에서 나간 다음에 부르는 게 좋겠어."

"하지만 난 지금 부르고 싶은걸. 친구라면 당연히 내 편이 되어 줘야 하는 거 아니니?"

"하지만 네가 노래를 부르면 과수원 주인이 알 텐데. 그러면 우린 도망도 못 가고 잡히고 말 거야."

당나귀는 들소가 자신의 기분을 전혀 이해해 주지 않는 것에 서운해하며 말했다.

"세상에 음악과 노래보다 더 우아하고 감동적인 건 없어. 어쩌다가 내가 너같이 음악도 모르는 애와 친구가 됐는지 모르겠다."

당나귀는 들소의 만류에도 기어코 노래를 부르기 시작했다. 결국 당나귀와 들소는 과수원 주인에게 잡혀 버리고 말았다.

당나귀는 들소의 권유를 무시했다가 결국 자신뿐만 아니라 친구에게도 해를 입혔다.

나 자신을 한번 되돌아보자. 친구의 권유를 무시했다가 자신뿐만 아니라 친구의 일까지도 망친 적은 없는가?

당나귀와 들소는 원래 좋은 친구 사이였다. 그들이 몰래 과수원에 숨어 들어가 아무렇지도 않게 풀과 과일을 베어 먹을 때의 기분을 한번 상상해 보자. 배가 부른 나머지 기분 좋게 노래를 부르고 싶었던 당나귀의 기분을 충분히 이해할 수 있을 것이다. 하지만 이 때문에 당나귀는 과수원 주인에게 들키는 위기에 봉착하고 말았다. 들소의 충고를 무시하고 제멋대로 굴며 노래를 부르다가 과수원 주인에게 들키고 만 것이다.

우리 주변에는 당나귀와 같은 사람이 많이 있다. 그들은 운 좋게 목적을 달성하고는 자신이 어떤 위험에 처한 줄도 모른 채 좋아하면서 기분 나는 대로 행동했다가 결국 화를 당하고 친구에게까지 불필요한 수고를 끼친다.

사람은 그때그때의 기분에 따라 행동하지 말고 자신의 정서를 통제할 줄 알아야 한다.

물론 정서를 통제하는 것은 쉬운 일이 아니다. 하지만 이유야 어찌됐든 반드시 정서를 통제할 줄 알아야 한다. 그렇지 않으면 자신의 행동에 자신이 해를 입을 수도 있다.

성공한 대다수의 사람들은 자신의 정서를 잘 통제한다. 그들에게 정서란 단순한 감정 표현이 아니라 생존을 위한 일종의 중요한 지혜다.

만약 자신의 정서를 잘 통제하지 못하고 경거망동한다면, 파괴적인 재난을 맞이할 수도 있다. 하지만 같은 상황에서도 정서를 잘 통제한다면 화(禍)가 복(福)으로 변할 수 있다.

사람은 감정의 동물이므로 자신의 정서를 드러낼 수밖에 없다. 하지만 정서를 드러내는 것도 때와 장소에 맞아야 한다. 예컨대, 누군가의 장례식에 참석했을 때는 아무리 자신에게 좋은 일이 있더라도 그것을 표현해서는 안 된다. 그렇지 않으면 죽은 사람의 가족과 친구들에게 반감을 사고 몰상식한 사람이라는 소리를 들을 것이다. 마찬가지로 친구의 결혼식에 참석했을 때는 아무리 슬픈 일이 있어도 큰 소리로 울어서는 안 된다.

당나귀와 들소의 이야기로부터 우리는 이런 교훈을 얻을 수 있다. 장소에 걸맞은 정서 표현법을 배우자!

명언 한마디

간사한 것보다는 차라리 용렬하고 성실한 것이 낫다.

– 한비자(韓非子, 중국 전국 시대 말기의 사람으로 법치주의를 주장했다-옮긴이)

72 | 성격이 급한 사람

| 대다수의 사람들이 하는 대로 따라하면 칭찬 받을 것이다 |

많은 사람들이 모여 어떤 한 사람의 인격을 평가했다. 대체로 사람은 좋지만 성격이 급해 화를 잘 내는 것이 흠이라고 말했다. 때마침 그 옆을 지나다가 이 소리를 들은 당사자는 안으로 뛰어 들어와 방금 말한 사람의 멱살을 부여잡고 주먹으로 때리며 말했다.

"내 성격이 뭐가 급하다고 그래! 그리고 내가 언제 화를 냈는데?"

과연 화났을 때의 내 모습은 어떠한가 생각해 보자. 혹시 너무나 무서운 모습은 아닌가?

화를 내는 데는 여러 가지 이유가 있는데, 그중에서도 누군가가 자신의 흉을 볼 때 가장 화가 많이 날 것이다.

우리는 너무도 쉽게 진심을 얘기한다. 하지만 다른 사람이 자신에 대해 진심을 말할 때 이를 듣는 것은 매우 괴로워한다. 이야기에서 알 수 있듯이 겸허하게 다른 사람의 의견을 받아들이는 것은 무척 어려운 일이다.

우리는 다른 사람의 의견을 받아들일 줄도 알아야 한다. 사실, 다른 사람이 말하는 나에 관한 의견은 자신의 행동에 대한 거울과도 같다. 그래서 의견을 들으면 자신을 보다 더 많이 알게 되고, 좋지 않은 습관을 고쳐 더 나은 사람으로 발전할 수 있다.

사실, 다른 사람이 당신은 어떤 사람이라고 말해 주는 것은 큰 재산을 얻는 것이나 마찬가지다. 이는 당신이 보다 나은 사람으로 발전할 수 있도록 앞으로의 인생에 커다란 도움을 주기 때문이다.

명언 한마디

겉으로는 자신의 장점을 단점이라고 말하지만 속으로는 단점도 장점이라고 생각한다.

— 션쥐원(申居鄖, 중국 청나라 사람으로 《서암췌서(西岩贅語)》를 저술했다-옮긴이)

73 병이 난 지주

| 유용한 속임수보다 성실함이 상책이다 |

한 마을의 지주가 큰 병에 걸렸다. 그러자 그의 아들은 마을에 용하다고 소문난 의사를 집으로 모셔 왔다. 지주가 의사에게 말했다.

"선생님, 제 병을 고쳐 주시면 사례는 두둑이 하겠습니다."

의사는 최선을 다하여 지주의 병을 고쳐 주었다. 그런데 지주는 병이 낫자 의사에게 했던 약속을 잊고 말았다.

훗날, 지주의 부인이 병에 걸렸다. 그러자 지주는 자신의 병을 고쳐 줬던 의사를 찾아가 지난번과 같은 약속을 하며 치료를 부탁했다. 의사는 아무 말도 않고 최선을 다해 부인의 병을 고쳐 주었다.

뒤이어 지주의 아들도 병에 걸렸다. 지주는 또다시 그 의사를 찾아가 두둑한 사례를 약속하며 치료를 부탁했다. 물론 이번에도 약속은 지켜지지 않았다.

이렇게 의사가 연이어 세 번씩이나 자신과 가족을 치료해 줄 때까지 지주는 약속을 지키지 않았다. 그런데 얼마 후, 지주가 다시 병에 걸렸다. 그는 또 같은 의사를 찾아가 말했다.

"앞서 세 번은 선생님과의 약속을 지키지 않았지만 이번에도 병을 고쳐 주신다면 틀림없이 치료비를 두둑이 드리겠습니다."

하지만 이번에도 속기 싫었던 의사는 지주네 집에서 몇 번씩이나 사람을 보내도 왕진을 가지 않았다. 그리고 다른 의사들도 이 지주의 소문을 듣고는 모두 치료를 거절했다. 결국 지주는 병으로 죽고 말았다.

흔히 '삼세번' 이라는 말을 한다. 의사는 어이없게도 지주에게 삼세번 속았다. 그러나 의사처럼 몇 번을 속을 수는 있어도 언제까지나 같은 속임수에 넘어갈 사람은 없다.

의사에게 치료를 받으면 마땅히 치료비를 지불해야 한다. 의사의 입장에서 보더라도 병을 고쳐 주었기 때문에 일정한 치료비를 받는 것이 마땅하다. 하지만 의사는 세 번씩이나 지주와 그의 가족을 치료해 주고도 아무런 보상을 받지 못했다. 그리고 지주도 세 번씩이나 의사와의 약속을 어겼다. 그러나 아무리 지주가 약았다고 해도 의사가 계속 속기만 하겠는가? 결국 지주는 자신의 꾀에 넘어가 자신을 해치고 만 것이다.

모두들 양치기 소년의 이야기를 알 것이다. 처음에 마을 사람들은 양치기 소년의 말에 모두 속아 넘어갔다. 하지만 소년이 계속해서 거짓말을 하자 결국에는 소년의 말을 믿어 주는 사람이 아무도 없었다. 이렇듯 거짓말을 많이 하면 자신이 자신의 거짓말에 넘어가는 꼴이 된다.

약속을 가볍게 여기는 사람은 믿을 만한 사람이 못 된다. 또한 이렇게 신뢰를 잃은 사람은 피해를 볼 수밖에 없다.

명언 한마디

말이 미덥지 못한 사람은 행동이 결과를 맺지 못한다.

– 묵자

74 | 농부의 궤변

| 책 속에는 예로부터 녹슬지 않는 위대한 사상들이 들어 있다 |

어떤 농부가 바지를 사러 시장에 갔다. 한 푼이라도 더 깎으려는 그와 한 푼이라도 더 받으려는 상인의 입씨름 끝에 결국 그는 이십 달러에 바지를 살 수 있었다. 그런데 상인이 바지를 다 포장했을 때 아무래도 지금 입고 있는 바지가 새것이나 다름없으니 차라리 겨울 외투를 사는 편이 낫겠다는 생각이 들었다.

"원래 이 바지를 사려고 했는데 잘 생각해 보니 아무래도 외투를 사는 게 낫겠어요. 죄송하지만 이십 달러짜리 외투로 바꿔 주세요."

"그러지요."

상인은 흔쾌히 외투로 바꿔 주었다. 그런데 농부가 외투를 들고 나가자 상인이 황급히 소리쳤다.

"이봐요! 돈을 주고 가셔야죠!"

"어! 이상하네. 방금 바지를 무르고 외투로 바꾼 거잖아요."

"손님은 바지 값도 안 내셨는데요."

행여 돈을 못 받을세라 상인은 마음이 조마조마했다.

그러자 농부는 매우 억울하다는 듯이 말했다.

"맙소사! 하느님 아버지! 시장 사람들은 정말 이상하네요. 전 바지를 사지도 않았는데 왜 제게 바지 값을 내라고 하는 거죠?"

잘못을 저지르고도 억지를 쓰는 그가 마치 옳은 것처럼 보인다. 만약 상인이 농부를 설득하지 못한다면, 그는 억울한 표정을 지으며 절대로 돈은 내지 않은 채 외투를 가지고 갈 것이다.

살다 보면 농부처럼 궤변을 늘어놓는 사람을 만나기도 한다. 그런데 그럴 때일수록 정신을 더욱더 똑바로 차려야 한다. 자칫 긴장을 늦췄다가는 그들이 논리적으로 파놓은 함정에 빠질 수 있기 때문이다.

사실, 어떤 궤변이라도 세세히 따지면 모순을 발견할 수 있다.

이는 사고력 훈련에 관한 문제다. 누군가를 설득하기 위해서는 논리적인 사고력이 필요하다. 반대로 누군가의 의견에 반박하기 위해서도 논리적인 사고력이 필요하다.

물론 하루아침에 논리적인 사고력을 가질 수 있는 것은 아니다. 평소 부단히 연습하여 경험을 축적해야 한다. 만약 면담을 할 때 논리 정연하게 말한다면 더 높은 점수를 얻을 수 있을 것이다. 논리를 공부하면 평소에 말하는 습관도 논리 정연해질 뿐 아니라 판단력도 좋아진다. 미래의 어느 날, 기업 대표로 다른 기업과 담판을 지을 때 논리 정연한 사고력은 분명히 큰 도움이 될 것이다.

지금부터라도 바로 행동에 나서 논리를 공부하고 논리적으로 생각하는 습관을 기르자!

명언 한마디

생명은 절대로 거짓말 속에서 찬란한 꽃을 피우지 않는다.

– 하이네(Heinrich Heine, 독일의 시인–옮긴이)

75 | 듣기 좋은 약속

| 화려한 말은 악랄한 행동을 장식한다 |

한 악사가 귀족을 위해 악기를 연주했다. 귀족은 매우 만족해 하며 그에게 금화 천 냥을 주겠다고 약속했다. 훗날, 악사는 그 귀족을 찾아가 금화 천 냥을 줄 것을 요구했다. 그러자 귀족이 말했다.

"저번에 내가 금화 천 냥을 주겠다고 말한 이유는 자네가 듣기 좋은 곡을 내게 연주해 주기에 나도 자네 듣기 좋으라고 그냥 말했던 것뿐일세. 그러니 우리는 서로 빚을 진 게 없네."

음악을 감상하는 주된 이유는 정신적인 만족을 얻기 위해서다. 음악은 사람의 정서를 편안하게 만들어 주는 동시에 몸과 마음을 닦는 데도 도움을 준다.

말이 듣기 좋다는 것은 말의 내용이 꽤나 매력적이라는 뜻이다. 이렇듯 음악을 들을 때는 음악의 선율만 잘 들으면 되지만 말을 할 때는 말의 실질적인 내용에 신경 써야 한다. 이것이 바로 음악을 듣는 것과 말을 하는 것의 차이이다.

귀족이 음악을 통해 얻은 감상과 악사가 들은 '듣기 좋은 말'의 느낌은 엄연히 다르다. 악사는 자신의 시간을 들여 가며 혼신을 다해 음악을 연주했는데, 귀족은 고작 금화 천 냥을 주겠다는 듣기 좋은 말로 그 값을 치르려고 했다. 이는 논리적으로는 성립되나 불공평한 교환임에 틀림없다.

다시 말해서 귀족은 악사를 속인 셈이다. 귀족은 '듣기 좋은' 논리로 궤변을 늘어놓았지만 이것이 금화를 줄 수 없는 정당한 이유라고는 볼 수 없다.

귀족은 자신의 입으로 악사에게 약속을 하고는 이를 번복했다. 이렇게 제멋대로 약속을 어기면 신용도가 떨어지는데 신용도가 낮다는 것은 곧 인격에 문제가 있음을 뜻한다. 이것이 바로 약속 이행 여부가 신용도에까지 영향을 미치는 연쇄 반응이다.

아무리 상대방이 괜찮다고 하더라도 약속을 했으면 방법을 마련해서 이를 이행해야 한다. 만약 지키지 못할 약속이라면 애초에 쉽게 약속하지 말아야 한다. 일단 약속을 어기게 되면 당신의 이미지는 훼손되기 마련이다. "한 번 한 군자의 언약은 천금만큼 무겁다"라는 말이 있다. 군자는 만인의 존경을 받지만 소인배는 만인의 미움을 받는다. 그런데 군자와 소인배의 차이는 그리 크지 않다. 잘못된 생각 하나로 군자가 될 수도 소인배가 될 수도 있는 것이다. 군자가 되고 싶다면 약속을 충실히 잘 이행하도록 하자.

명언 한마디

자신의 언약을 어기지 말라.
그렇지 않으면 다른 사람도 당신에게 언약을 지키지 않을 것이다.
–《성경》

76 거만하지도 비굴하지도 않은 시인

| 자유를 잃으면 모든 것을 잃는다 |

어느 날, 러시아 황제는 그 이름도 유명한 시인 셰프첸코(Taras Grigor' evich Shevchenko, 우크라이나의 시인이자 혁명가—옮긴이)를 궁으로 불러들였다.

궁 안은 이미 크고 작은 벼슬을 하는 사람들과 귀족, 외국의 사신들로 가득 차 있었다. 그들은 황제가 도착하자 허리를 굽혀 존경을 표했다. 하지만 단 한 사람, 셰프첸코만은 허리를 굽히지 않은 채 제자리에 가만히 서 있었다.

러시아 황제가 물었다.

"자넨 누구인가?"

"셰프첸코입니다."

"왜 자넨 내게 허리를 굽히지 않는가?"

황제의 물음에 셰프첸코는 침착하게 대답했다.

"존경하는 폐하, 제가 폐하를 뵙고 싶은 것이 아니라 폐하께서 절 보자고 하시지 않았습니까? 만약 제가 다른 사람들처럼 허리를 굽힌다면 폐하께서 어떻게 절 알아보시겠습니까?"

이는 존엄에 관한 철학 이야기다.

인생이란 무엇일까? 사람은 왜 사는 것일까? 사람마다 그 답은 모두 다를 것이다. 셰익스피어(William Shakespeare)의 저명한 비극 〈햄릿(Hamlet)〉에 나오는 말을 빌려 대답하자면 "사느냐 죽느냐 그것이 문제로다"라고도 말할 수 있을 것이다.

누군가는 사람이 사는 이유가 그저 살기 위해서라고 말한다. 하지만 만약 그것이 답이라면 '과연 어떻게 사는 것이 사는 것이냐, 또 어떻게 살아가야 하느냐' 라는 물음이 나올 수 있다. 만약 누군가가 돈을 많이 줄 테니 영혼을 팔라고 한다면 당신은 어떻게 하겠는가? 내가 말하고자 하는 것은 어차피 모두 살아가야 한다면 존엄하게 살아가자는 것이다.

우리가 살아가는 공간에는 돈, 미녀, 권력, 지위와 같이 무수히 많은 유혹들이 존재한다. 그렇다면 당신은 이런 것들을 얻고 자신의 존엄성을 포기할 수 있는가?

사실, 셰프첸코는 이미 우리에게 좋은 답을 제시해 주었다. 그는 권세를 위해 자신의 고귀한 머리를 낮추느니 차라리 자신의 생명이 희생당하더라도 자유와 존엄을 잃지 않는 편을 택했다. 만약 당신이 돈을 위해서 자신의 존엄을 버린다면, 그 즉시 당신은 돈의 노예가 되는 것이다. 그리고 이는 다시 자유를 잃었다는 뜻이 된다. 자유, 얼마나 고귀한 것이란 말인가! 영국의 명예혁명과 프랑스의 대혁명도 모두 자유와 평등을 위해서 일어났던 것이 아닌가! 그토록 많은 사람들이 자신의 생명을 희생하면서까지 부르짖었던 것이 자유가 아닌가!

너무나 쉽게 자신의 권리를 포기하는 것은 무책임한 행동이다.

존엄은 자신의 권리다. "비록 나는 가난하지만 아직 나에게는 고귀한 머리가 있다!"라는 말을 꼭 기억하도록 하자. 쉽게 자신의 존엄을 잃지 말라. 존엄이 있어야 마땅히 존경 받을 수 있다.

명언 한마디

사람은 성격이 강직하되 절대로 거만해서는 안 된다.

— 쉬베이홍(徐悲鴻, 중국의 화가-옮긴이)

77 | 꾀꼬리에게 노래를 배우는 독수리

| 소 발에 쥐 잡기 |

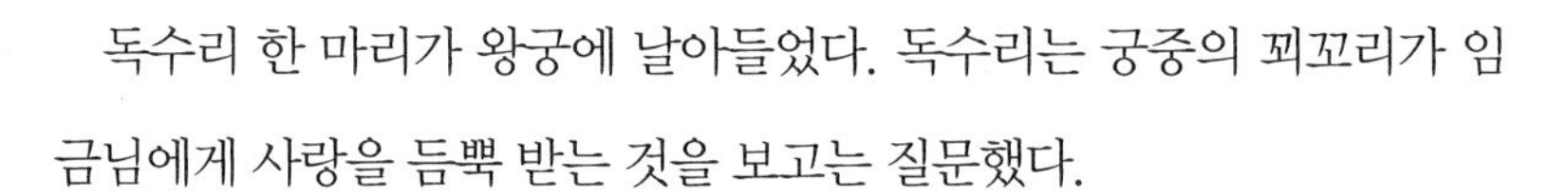

독수리 한 마리가 왕궁에 날아들었다. 독수리는 궁중의 꾀꼬리가 임금님에게 사랑을 듬뿍 받는 것을 보고는 질문했다.

"꾀꼬리야, 넌 어떻게 임금님의 사랑을 그렇게 많이 받게 된 거니?"

꾀꼬리가 대답했다.

"난 노래를 매우 감동스럽게 잘 부르거든. 임금님은 내 노래 듣는 것을 무척 좋아하셔. 그래서 나를 무척 아껴 주시지. 그래서 진주로 꾸며 주시기까지 하는걸?"

이 말을 듣고 있자니 독수리는 꾀꼬리가 무척 부러웠다.

'나도 꾀꼬리처럼 노래를 잘할 수 있을 때까지 연습해야지. 그러면 임금님이 나도 예뻐하시겠지?'

곧이어 독수리는 임금님의 침실로 날아가 노래를 부르기 시작했다. 때마침 잠을 자고 있던 임금님은 독수리의 노랫소리에 깨어났다. 그러고는 신하들을 불러 무엇이 이렇게 무섭게 울부짖는 것이냐며 당장 알아오라고 명령했다. 잠시 후, 신하들은 그것이 독수리의 소리라는 보고를 올렸다. 그러자 화가 난 임금님은 신하들에게 그 독수리를 잡아들여 털을 모조리 뽑아 버리라고 명령했다.

독수리가 어리석은 것일까? 하지만 어디 독수리 같은 사람이 한두 명인가? 우리 주변에는 남보다 뛰어나고 싶지만 능력이 따라 주지 않아 겉모습만 모방하다가 결국 일을 망쳐 버리는 사람들이 많이 있다. 더욱이 슬픈 사실은 그런 사람들은 목적을 달성하지 못했을 때 반성은 안 하고 오히려 남 탓을 한다는 것이다. 그들은 자신은 늘 기회가 부족하고 다른 사람이 협조해 주지 않아 실패했다고 생각한다.

사실, 모든 사람에게는 충분한 잠재의식이 있다. 그러나 그것을 발휘할 수 있는 능력은 사람마다 다르다. 따라서 다른 사람을 모방하려고 노력할 필요가 없다. 남보다 뒤처지는 부분이 있어도 상관없다. 분명히 남보다 잘하는 부분이 있을 것이기 때문이다. 만약 이런 진리를 믿는다면 틀림없이 전례가 없는 훌륭한 일을 해낼 수 있을 것이다. 하다못해 나뭇잎에도 앞뒷면이 있는데 사람이라고 다르겠는가?

당신은 세상에서 유일무이한 존재인만큼 맹목적으로 다른 사람을 따라 하지 말고 자신의 재능을 마음껏 발휘해야 한다. 경험과 환경, 유전적 요인이 당신을 만든다. 이것들이 좋건 아니건 간에 마땅히 자신의 '화원' 을 잘 관리하고 생명의 줄을 힘차게 당겨야 한다.

당신의 내면에 거대한 힘이 숨어 있음을 기억하라. 그것이 무엇인지 알고 계발할 수 있는 사람은 당신뿐이다. 반약 기계처럼 다른 사람만 모방한다면 결국 자신을 망치고 말 것이다.

명언 한마디

독립적인 자유보다 더 소중한 것은 없다.

– 호찌민(Ho Chi Minh, 베트남의 혁명가이자 정치가로 베트남민주공화국의 주석을 지냈다–옮긴이)

78 | 금과 국왕

| 우물이 마르고 나서야 비로소 우리는 물의 가치를 알게 된다 |

어떤 나라의 국왕은 금을 너무 좋아한 나머지 자신에게 금을 만드는 마법을 알려 주는 사람에게 큰 상을 내리겠다고 선포했다.

얼마 후, 한 점술사가 그 마법을 알려 주겠다며 국왕을 찾아왔다. 그런데 점술사는 금을 만드는 마법을 배우려면 깊은 산중으로 들어가야 한다고 말했다. 고심 끝에 결국 국왕은 그를 따라나섰다.

몇 개월 후, 국왕이 다시 궁으로 돌아왔다. 그는 궁 안의 모든 물건이 황금으로 변하는 것을 보여 주겠다며 왕자와 공주들을 한 곳으로 불러 모았다. 뒤이어 왕비도 들어왔다. 그런데 국왕이 왕비를 부축하려고 손을 드는 순간, 그만 왕비는 황금으로 변하고 말았다. 그러자 왕자들은 황금으로 변한 왕비를 붙들고 엉엉 울기 시작했다. 당황한 국왕은 우는 왕자들을 달래기 위해 손을 들었는데 그러자마자 이번에는 왕자가 황금으로 변해 버렸다. 슬픔에 잠긴 국왕은 하인을 불러들였는데 그마저도 황금으로 변하고 말았다.

국왕이 모든 사물을 황금으로 만들어 버린다는 소문은 삽시간에 전국으로 퍼졌다. 결국 국왕은 황금으로 변하길 두려워하는 대신들에 의해 왕의 자리에서 쫓겨나고 말았다.

재산은 중요한 것일까? 당신은 분명히 그렇다고 대답할 것이다.

하지만 돈에 눈이 멀게 되면 이성을 잃고 돈의 노예로 전락하여 결국에는 자멸하고 만다.

이야기 속의 국왕은 지나치게 금을 만드는 마법에 현혹되었다. 그래서 그는 나랏일은 뒷전인 채 자신의 직책을 잊고 점술사를 따라나섰다. 하지만 기대했던 것과는 달리 그 마법으로 인해 부인과 아이들, 하인을 잃었고 결국에는 대신들에게 쫓겨나기까지 했다. 후회하기에는 이미 돌이킬 수 없는 지경에 이른 것이다.

사람들은 자신이 이미 소유한 사물을 당연한 것으로 여기다가 잃어버리고 나서야 그것이 얼마나 소중했는지 뒤늦게 깨닫는다. 진작 알았으면 더욱 소중하게 여기고 보관했을 텐데 하면서 말이다.

알다시피 사물을 황금으로 변하게 하는 마법은 없다. 그런데도 당신은 여전히 권세, 지위, 돈에 지나치게 현혹되어 환상을 품고 있지는 않은가?

어떤 사물에 지나치게 현혹된 나머지 지극히 평범한 사물의 소중함을 깨닫지 못한다면 이는 자신에게 큰 아쉬움을 남길 것이다.

명언 한마디

돈에 대한 사랑은 모든 악의 근원이다.

– 스티븐슨(Charles Leslie Stevenson, 미국의 철학자-옮긴이)

79 | 귀족의 입을 닦은 발

| 나를 사랑한다면 나의 개도 사랑하라 |

어떤 나라에 매우 유명한 귀족이 있어 많은 사람들이 그 귀족의 환심을 사기 위해 몰려들었다. 그들의 노력은 귀족이 가래를 뱉으면 바로 누군가 나타나 가래를 발로 닦아 낼 정도로 대단했다. 여기에는 농부 한 사람도 끼어 있었는데 아무리 기다려도 그에게는 좀처럼 좋은 기회가 오지 않았다. 그러던 어느 날, 귀족이 가래를 뱉으려고 하자 농부는 기회를 놓치고 싶지 않아 귀족이 가래를 채 뱉기도 전에 발로 귀족의 입을 닦아 버렸다. 그러자 귀족의 부하들은 농부가 반역을 하려는 줄 알고 그를 잡아 감옥으로 후송했다.

아첨도 잘못 했다가는 화를 입을 수 있는데 이야기 속의 농부가 바로 전형적인 예다.

자신의 우상을 숭배하길 좋아하고, 어떡해서든 우상에게 아첨하려는 사람들이 있다. 아첨하는 것은 시대가 바뀌어도 사라지지 않는 것 같다.

그렇다면 사람들은 왜 아첨을 하는 것일까? 주된 이유는 바로 자신이 잘 보이고 싶은 사람을 기쁘게 하여 환심을 사면 자신에게 유리한 면이 생긴다는 데 있다. 결국 세상의 모든 아첨꾼들이 바라는 바는 이익을 얻는 것이다.

아첨을 하지 않는다는 것은 그만큼 인격이 훌륭하다는 뜻이다. 아첨을 하려면 많은 시간과 에너지를 들여 잘 보이고자 하는 사람의 심리를 파악해야 하는데 이럴수록 자신의 인격은 사라져 간다. 또한 부득이하게 진심을 속이고 마음에도 없는 말과 행동을 하게 되어 결국에는 심리적인 부담이 더욱 커질 것이다.

명언 한마디

만약 도덕적으로 부패했으면 취미도 틀림없이 타락했을 것이다.

– 디드로(Denis Diderot, 프랑스의 철학자-옮긴이)

80 호랑이 가죽을 입은 당나귀의 최후

| 영예는 미덕의 그림자다 |

어느 날, 당나귀 한 마리가 주인 몰래 집 안으로 숨어 들어가 거실에 걸려 있던 호랑이 가죽을 훔쳐 몸에 걸쳤다. 당나귀는 자신이 진짜 호랑이인 것처럼 보이게 하려고 위용 있게 걷고 울음소리도 호랑이처럼 으르렁대며 냈다.

당나귀는 그 상태로 바로 산속으로 달려가 호랑이 걸음을 흉내 내며 이리저리 뛰어다녔다. 그러자 산길을 지나던 행인들이 기겁을 하고 도망쳤다. 당나귀는 자신의 모습이 매우 만족스러웠다.

그런데 때마침 산길을 지나던 사냥꾼이 호랑이 가죽을 덮어쓴 당나귀를 발견했다. 그는 호랑이를 놓치기 전에 얼른 방아쇠를 당겼고 당나귀는 총에 맞자마자 힘없이 바닥에 쓰러졌다. 그런데 사냥꾼이 달려와 살펴보니 그것은 호랑이가 아니라 한낱 당나귀에 불과했다. 결국 당나귀는 호랑이 행세를 한 대가로 생명을 지불한 것이다.

당나귀의 비극은 호랑이 행세를 한 데서 비롯되었다.

당나귀는 선천적으로 호랑이의 용맹함을 타고나지 못했음에도 거짓 행세를 하고 다니며 사람들을 놀라게 했다. 결국 화(禍)를 자초한 셈이다.

강자(强者)가 꼭 좋은 것만은 아니다. 강자는 그만큼 주목을 많이 받고, 사람들은 강자를 꺾는 것을 무척 영예로운 일로 생각하기 때문이다. 중세 시대에 기사는 강자의 상징이었다. 하지만 남들에게 인정받는 강자가 된 많은 기사들이 얼마나 많은 열혈청년들의 칼끝에 죽어 갔는가. 강자가 아니면서 강자인 척 행세하고 다니는 것은 아무런 의미가 없다. 그러다가 이미 수많은 사람들이 정상적으로 발전할 수 있는 기회를 잃었고 허영심에 해를 입었다.

허영심을 쫓으며 본성을 잃지 말고, 조용히 인생의 즐거움을 누려 보는 것은 어떨까? 평범하고 즐겁게 살라! 이것이 바로 위 이야기가 우리에게 전해 주는 교훈이다.

명언 한마디

학식이 풍부하고 견문이 넓은 사람은 항상 신중하다.
– 루소

생활의 신조

인생은 흰 도화지에 자신의 이야기를 써 내려가는 것이다

생활의 의미는 독립적이고 무궁무진한 창조를 하는 데 있다.

| 고리키

81 선인장을 심은 농부

| 사소한 부주의가 큰 불행을 야기한다 |

선인장은 까다롭지 않은 식물로 물이 절대적으로 부족한 사막에서도 잘 자란다.

선인장이 이렇게 잘 자라자 한 무리의 농부들이 자신들의 정원에 선인장을 심어 다 자란 뒤에 시장에 팔기로 했다. 무리 중의 한 농부가 모두에게 말했다.

"선인장이 잘 자란다지만 내가 장담컨대, 당신들 열 명이 선인장을 키우는 속도보다 내가 선인장을 죽이는 속도가 훨씬 빠를 거요. 내기를 해도 좋소."

물론 농부들은 그의 말을 믿지 않았다. 어떻게 열 명의 노동력이 한 사람보다 못할 수 있단 말인가. 하지만 내기를 건 결과, 그 한 명의 농부가 이기고 말았다.

선인장은 생존력이 강한 식물로 사막과 같은 조건이 열악한 환경에서도 잘 자란다.

하지만 아무리 잘 자란다고 해도 누군가가 마음을 먹고 죽이려 하면 잘 자랄 수가 없다. 나무를 베기보다 키우기가 힘든 것처럼 말이다.

이렇게 여러 사람들이 부지런히 일해도 그 무리에 해를 끼치는 사람이 있으면 공든 탑이 무너지는 법이다.

이 같은 예는 현실에도 부지기수로 많다. 장인은 도자기 하나가 완성되기까지 수많은 정성을 들인다. 먼저 도자기 점토를 파내고 모양을 만들어 불가마에서 굽고 유약을 바른 다음에 다시 말리는 과정을 거쳐야 한다. 하지만 그런 정성과 노력으로 완성된 도자기도 누군가가 땅에 한 번 떨어트리면 바로 산산조각 나, 그동안의 노력이 물거품이 되고 만다.

사람의 인생사도 마찬가지다. 수많은 땀방울을 흘린 끝에 가까스로 어느 정도의 경제적, 사회적 지위에 오른 많은 사람들이 작은 실수로 그간의 노력에 흠집을 내고 안타까워한다. 따라서 성공하기 전에만 일에 신중을 기할 것이 아니라 성공하고 나면 더 많은 신중을 기해야 한다.

이 세상의 모든 사람들이 성공하는 것은 아니다. 그만큼 여러 가지의 제약과 난관이 있기 때문이다. 하지만 그 모든 것을 이겨 내고 천신만고 끝에 성공을 거뒀으면서도 왜 그 성공을 유지하려고 노력하지 않는가?

성공하기가 어렵다면 성공을 유지하는 것은 더더욱 어렵다는 사실을 꼭 기억하라.

명언 한마디

돈은 동그래서 굴러 나가기가 쉽다.

– 아레이천(S. Aleichen)

82 목사에게 세례를 받은 늑대

| 늑대의 이빨은 빠질 수 있어도 그 본성은 바꿀 수 없다 |

옛날에 늑대가 개와 비슷하게 생겼다고 생각한 농부가 있었다. 그는 늑대가 더 이상 자신의 양들을 해치지 않도록 늑대에게 세례를 받으라고 했다. 농부의 끈질긴 설득 끝에 결국 늑대도 농부의 뜻에 따르기로 했다.

농부는 세례에 필요한 모든 준비를 마치고 목사와 신부를 모셔 왔다. 먼저 목사부터 세례를 진행했는데 늑대는 얌전히 성경 말씀을 듣다가 두 귀를 쫑긋 세우고 밖에서 나는 소리를 듣더니 말했다.

"목사님, 잠깐만요."

목사는 늑대의 행동이 이상해서 왜 그러냐고 물었다. 그러자 늑대는 대답할 시간도 없는지 뛰어가면서 대답했다.

"지금 교회 앞으로 양 떼들이 지나가는 소리를 들은 것 같아요."

이 말을 마쳤을 때쯤 늑대는 이미 사라지고 없었다.

육식 동물인 늑대와 개는 확실히 닮은 곳이 많다. 하지만 그렇다고 생활 습관도 닮았을까?

늑대와 개는 생활하는 환경부터가 다르다.

늑대는 어려서부터 산과 들판에서 생활하는데 그곳에서 살아남기 위해서는 반드시 스스로 사냥을 해야 한다. 하지만 개는 어려서부터 늑대와 다른 환경에서 자라기 때문에 생활 습관이 확연하게 다르다. '강산은 바꾸기 쉬워도 타고난 본성은 바꾸기 어렵다' 는 속담이 있지 않던가!

이야기 속의 늑대에게 양을 잡아먹는 습성이 있다면 이는 바꾸기가 힘들다. 그래서 늑대는 세례 중에도 무의식적으로 이동하는 양 떼의 소리를 들은 것이다.

이렇듯 환경은 사람을 만든다. 그러므로 절대로 환경의 영향을 무시해서는 안 된다. 좋은 환경에서는 품격 있고 존경 받는 인물이 될 수 있지만 나쁜 환경에서는 사람들이 싫어하는 인물이 될 가능성이 매우 크다. 하지만 그러한 환경적인 요인은 사람의 마음가짐으로 충분히 헤쳐나갈 수 있다. 어떠한 생각을 가지고 행동하느냐에 따라 그 사람의 인격이 결정된다는 것을 항상 깨달아야 한다.

명언 한마디

사람은 그 사람 자신의 말이나 생각이 아닌 행동을 보고 판단해야 한다.

– 레닌

83 꿩이 봉황이 된 사연

| 거짓말은 또 다른 거짓말을 낳으며 후세에 전해진다 |

어느 날, 한 농부가 산에 나무를 하러 갔다가 꿩 한 마리를 잡아 마을로 내려왔다. 이때 길을 가던 귀족이 물었다.

"여보게, 그게 무슨 새인가?"

한눈에도 귀족이 꿩을 몰라보는 것이 분명해 보이자 농부는 슬슬 거짓말을 늘어놓았다.

"이게 바로 그 귀한 봉황이라는 겁니다요."

귀족은 크게 기뻐하며 말했다.

"봉황이라! 진작부터 말은 많이 들었다만 오늘 이렇게 직접 보게 될 줄이야. 자네, 그 봉황을 내게 팔 생각이 없나?"

순간, 농부의 머릿속에는 어쩌면 이참에 큰돈을 벌 수 있을지도 모른다는 생각이 스쳤다. 그러자 그가 매우 능청스럽게 말했다.

"안 될 건 없지만 조금 비쌉니다. 적어도 금화 오백 냥은 주셔야죠."

금화 오백 냥이라는 말에 귀족은 내심 고민이 되었다.

'비싸긴 비싸구나. 하지만 저 봉황을 임금님께 바친다면 내게 더 많은 상금을 내리시지 않겠는가!'

그리하여 귀족은 금화 오백 냥에 농부의 꿩을 사들였다. 그는 봉황을 임금님께 바치면 더 많은 상금을 타게 되리라는 기대에 한껏 부풀어 올랐다.

하지만 귀족의 바람과는 달리 그날 밤 갑작스럽게 불어 닥친 매서운 강추위에 그 꿩은 맥없이 얼어 죽고 말았다. 봉황을 임금님께 바치려던 꿈이 하룻밤 새에 산산조각 나자 귀족은 아예 몸져누웠다. 이 소문은 삽시간에 전국 방방곡곡으로 퍼져 나라의 모든 백성이 다 알게 되었다. 하지만 그중에서 '그 새가 진짜 봉황일까?' 라고 의심하는 사람은 단 한 명도 없었다.

이 소문은 곧 궁궐에도 전해졌다. 임금은 귀족의 충성심에 몹시 감동하여 친히 그를 알현했고, 금화 오천 냥도 하사했다. 훗날 이 소식을 전해 들은 농부는 자신의 눈을 의심하며 어쩌면 그날 팔았던 꿩이 진짜 봉황이었을지도 모른다는 생각에 땅을 치며 후회했다.

'꿩' 이 '봉황' 으로 둔갑하다니, 정말 재미있는 이야기가 아닌가? 그렇다면 어쩌다가 '꿩' 이 '봉황' 이 되는 일이 발생한 것일까? 그 이유를 살펴보면 다음과 같다.

첫째, 귀족이 무지한데다 농부의 말을 맹목적으로 믿었기 때문이다. 봉황은 전설 속의 새이므로 귀족이건 농부건 그 누구도 실제로 본 적이 없다. 하지만 귀족은 농부의 말만 듣고 꾐에 넘어가 꿩을 봉황으로 철석같이 믿고, 급기야 거금에 사들이는 실수까지 범하고 말았다.

둘째, 백성들이 소문의 진실 여부를 따져 보지도 않은 채 처음부터 믿었기 때문이다. 설마 거금 오백 냥에 꿩 한 마리를 사들일 바보가 어디 있겠냐는 생각에 백성들은 모두 거짓된 소문을 진실로 받아들인 것이다.

셋째, 임금마저도 거짓된 소문을 그대로 믿어 버렸기 때문이다. 임금은 깊게 생각해 보지도 않은 채 세간에 떠도는 소문만 믿고 귀족에게 금화 오천 냥의 상금을 내리는 어리석음을 보였다.

하지만 이 세 가지 중에서도 두 번째 이유가 가장 결정적인 요인으로 작용했다고 할 수 있다. 사람들은 어떤 소문을 들으면 종종 자세히 생각해 보지도 않고 마치 그것이 사실인 양 또다시 소문을 퍼트리기 때문이다.

일상생활에서 거짓 소문이 도는 것만큼 무서운 일도 없다. 페스트가 만연했던 중세 유럽에서는 수많은 사람들이 이 병으로 죽어 갔다. 또한 페스트만큼이나 이에 관한 소문도 무성하게 퍼져 사람들을 죽음의 공포로 몰아넣었다. 그러던 중 프랑스의 어느 마을에서 마을 사람 중 누군가가 페스트에 걸렸다는 헛소문이 돌기 시작했다. 그 결과, 그 마을 사람들은 페스트의 확산을 막기 위해 모두 격리되어 처형을 당하고 말았다.

이렇듯 근거 없는 소문이 떠도는 것은 누구에게나 의심하는 심리가 있기 때문이다. 아니 땐 굴뚝에 연기 나랴. 분명히 원인이 될 만한 일이 있었기에 그런 소문이 생겼으리라고 생각하는 것이다. 하지만 이는 매우 잘못된 사고방식이다. 소문을 들었을 때는 반드시 그것이 사실일지 아닐지 곰곰이 생각해 보아야 한다. 그렇지 않으면 거짓 소문의 장단에 놀아나게 된다.

만약 임금이 소문을 듣고 한 번이라도 진상을 자세히 조사했다면 과연 꿩이 봉황으로 둔갑하는 웃지 못할 일이 벌어졌을까? 결국 임금도 소문에 귀와 눈이 멀어 상황을 제대로 파악하지 못하고 귀족에게 상금을 내린 것이 아닌가. 그리고 이 소식은 다시 일파만파로 번져 나가 직접 꿩을 잡았던 농부마저도 그것을 진짜 봉황이라고 믿게 되었으니, 얼마나 안타까운 일이란 말인가!

우리는 소문만 듣고 그 내용을 무조건 믿어 버리는 실수를 범해서는 안 된다. 앞으로는 어떤 소문을 들으면 그 내용이 사실인지, 아니면 과장된 것인지 냉철하게 곰곰이 생각해 보도록 하자.

명언 한마디

나쁜 일이면 작더라도 하지 말고, 착한 일이면 작더라도 망설이지 말고 하라.
지혜와 덕은 어디에서도 통하는 것이니라.

– 유비(劉備, 중국 삼국 시대 촉한의 황제–옮긴이)

84 우유의 색깔

| 제비 한 마리가 여름을 만들지는 않는다 |

태어날 때부터 앞을 보지 못했던 어떤 사람이 처음으로 우유를 마셔 본 뒤에 사람들에게 우유의 색깔을 물었다.

"우유는 무슨 색입니까?"

"우유는 조개처럼 하얗습니다."

"조개요? 조개는 어떻게 생겼나요?"

"조개는 쌀밥처럼 하얗게 생겼습니다."

"그럼 쌀밥은 어떻게 생겼나요?"

"그야 눈처럼 하얗지요."

"눈은 어떻게 하얀데요?"

"학처럼 하얗습니다."

그 이후로도 그의 질문은 계속 이어졌는데 우유의 색깔에 대한 수많은 비유만 들었을 뿐 끝까지 정확한 색깔은 알 수 없었다.

이야기 속의 시각장애인처럼 우유의 색깔을 끝까지 캐묻는 사람은 없겠지만 그와 같이 문제를 전혀 자각하지 못하고 같은 실수를 반복하는 사람은 많다.

그래도 이야기 속의 시각장애인의 실수는 이해가 된다. 태어날 때부터 세상을 볼 수 없었던 그는 아무리 좋은 비유를 해 줘도 우유의 색깔을 알 수가 없기 때문이다.

하지만 우리는 앞을 볼 수 있는데도 문제를 전면적으로 보지 못하는 실수를 늘 반복한다.

물론 우리는 성인이 아니기 때문에 문제를 꿰뚫어 볼 수가 없다. 하지만 반짝반짝 빛나는 눈동자가 있지 않은가? 왜 문제를 제대로 통찰하지 못하는 실수를 최소한으로 줄이려고 노력하지 않는가? 왜 전면적으로 문제를 생각하고 일을 처리하지 않는가? "백문이 불여일견이다"라는 속담을 알면서도 왜 여전히 근거도 없는 낭설에 귀를 기울이는가? 왜 자신의 실수를 자각하지 못하는가?

어떤 명인은 "리치의 맛이 궁금하면 직접 먹어 보면 된다"라고 말했다. 이렇듯 문제의 겉만 핥으려고 해서는 영원히 그 문제의 본질을 알 수 없다.

이런 격언이 있다.

"신발이 없는 소녀는 발이 없는 사람을 볼 때까지 울음을 멈추지 않는다."

자신이 소유했던 것을 잃은 다음에야 그 소중함을 깨닫고 후회한다는 뜻이다.

당신에게는 반짝반짝 빛나는 눈동자가 있는데 왜 세상의 문제를 잘 들여다보지 않고 왜 자신이 소유한 것을 소중히 여기지 않는가? 비록 이야기 속의 시각장애인은 우유의 색깔을 영원히 알 수 없을 테지만 끝까지 묻는 정신만큼은 확실히 존경할 만하다.

명언 한마디

배의 맛을 알고 싶으면 직접 먹어 보면 된다.

– 마오쩌둥(毛澤東, 중국의 정치가이자 공산주의 이론가로 중화인민공화국을 세웠다–옮긴이)

85 원숭이를 맞춘 찰리 국왕

| 자신을 너무 높게 평가하지 마라 |

15세기의 어느 날, 영국의 찰리 국왕은 대신들과 함께 웨일스 지방의 '미후산' 이라고 불리는 산으로 사냥을 떠났다.

그들이 도착하자 모든 원숭이들이 사방으로 도망쳤다. 하지만 유독 한 마리는 도망가지 않고 제자리에서 펄쩍펄쩍 뛰며 온갖 괴상한 표정으로 찰리 국왕 일행을 위협했다. 국왕이 활을 쏘았지만 원숭이는 그 화살을 손으로 잡았다.

체면을 구긴 국왕은 모든 대신들에게 동시에 활을 쏘라고 명령했는데 그제야 원숭이는 가슴에 활을 맞고 쓰러졌다.

찰리 국왕은 대신들에게 말했다.

"이 원숭이는 자신의 민첩함만 믿고 우리를 무시했다가 목숨을 잃었다. 우리는 이를 교훈으로 삼아야 한다."

민첩한 원숭이는 날아오는 모든 화살을 피할 수 있으리라고 자신한 채 도망가지 않았다. 하지만 이것은 소수는 다수에 대적하기 어렵다는 진리를 모르고 자신의 능력을 지나치게 맹신한 결과다.

성경은 인간의 오만함과 자만심을 인류의 가장 큰 죄악으로 꼽았다. 결국 이야기 속의 원숭이도 자신의 능력을 맹신하고 오만함을 부렸다가 귀중한 목숨만 잃고 말았다.

"뛰는 놈 위에 나는 놈 있다"는 속담이 있다.

어떤 특정한 능력이 있다는 것은 일반적인 사람들보다 뛰어나다는 것이지 결코 모든 사람들보다 뛰어나다는 뜻이 아니다. 마찬가지로 당신에게 어떤 재능이 있어도 이는 당신이 모든 사람들보다 뛰어나서 자만해도 된다는 소리가 결코 아니다. 사람은 겸손하고 신중해야 한다.

겸손은 모든 사람들이 다 아는 진리지만 이를 실현할 때에야 비로소 가치가 있다. 이렇듯 철학과 진리는 사람의 인생길을 올바른 방향으로 인도해 준다. 사실, 자만하는 것이 좋지 않다는 것은 누구나 다 안다. 하지만 이를 알면서도 자신도 모르게 자만하곤 한다. 이것은 자만이 자신의 인생에 어떤 해를 끼칠지 아직 분명하게 인식하지 못했기 때문이다.

오만함을 치료하는 최고의 약은 바로 진정한 실패를 해 봄으로써 오만함이 얼마나 해로운 것인지 진심으로 깨닫는 것이다.

사실, 우리는 어떤 일을 할 때 자신의 기대와 다른 결과를 맞기도 한다. 이는 자신의 타성과 약점이 성공을 가로막고 있는 장애물을 뛰어넘지 못했기 때문이다.

따라서 우리는 성공을 하더라도 평상심을 유지하며 수시로 자신의 영혼을 반성하며 살펴야 한다. 그래야 탄탄한 성공대로를 걸을 수 있다.

명언 한마디

가진 자여! 가진 것을 잃지 않으려면 어떻게 해야 하는가? 신중하고 또 신중해라!

— 쭈순쉐이(朱舜水, 중국 근대의 계몽사상가-옮긴이)

86 이름과 별명

| 고상할수록 더 겸허하다 |

옛날에 무척 거만한 귀족이 살았는데 그는 항상 마을 사람들을 무시했다. 그래서 마을 사람들은 귀족을 부를 때 갖가지 별명을 지어서 불렀다.

어느 날, 귀족이 자신의 정원에 오동나무를 심자, 마을 사람들은 귀족을 '오동나무' 라고 불렀다. 귀족은 나무가 사라지면 그 별명이 없어지리라 생각해, 도끼로 오동나무를 베어 버렸다. 하지만 나무를 베어 내도 그루터기가 남아 있자 사람들은 그를 다시 '그루터기' 라고 불렀다. 그래서 귀족은 아예 나무를 뿌리째 뽑아냈는데 구덩이는 그대로 남아 있어서 사람들은 그를 다시 '나무 구덩이 귀족' 이라고 놀려 댔다.

그 이후로도 귀족이 무슨 일을 하건 마을 사람들은 그에게 그때그때 새로운 별명을 지어 주었다.

친구에게 별명을 지어 주거나 반대로 친구가 자신의 별명을 지어 준 경험이 누구에게나 있을 것이다.

사실, 별명은 일종의 애칭이므로 별명을 지어 주는 것은 그리 대단한 일이 아니다. 문제는 자신이 별명을 어떻게 여기느냐다.

별명에는 좋은 의도로 붙여진 것과 나쁜 의도로 붙여진 것이 있다. 하지만 어느 것이든 그 사람의 언행과 밀접하게 관련되어 있다. 따라서 별명이 자신의 장점과 관련 있으면 계속해서 열심히 노력해야 하고 그렇지 않으면 자신의 언행이 개선되도록 노력해야 한다. 귀족처럼 별명 자체에 연연할 필요가 없는 이유도 그런 별명이 지어진 원인을 자신에게서 찾고 고치도록 노력하면 되기 때문이다.

만약 자신의 별명이 나쁜 뜻에서 지어진 것이라면 반드시 자신에게 어떤 잘못이 있는지 돌이켜 보고 그것을 고쳐야 한다. 사람들이 당신의 달라진 모습과 예전의 별명이 어울리지 않는다고 느껴야 그 별명을 부르지 않을 것이기 때문이다. 듣기 좋은 이름만으로는 사람들의 마음에 좋은 이미지를 남길 수 없다.

이야기 속의 마을 사람들이 귀족에게 나쁜 별명을 지어 준 이유는 그가 매우 거만했기 때문이다. 여기서 우리는 겸손함의 중요성을 알 수 있다. 겸손하면 사람들의 이해와 관용을 얻을 수 있다. 사람들은 겸손한 사람을 좋아하지 결코 거만한 사람을 좋아하지 않는다.

겸손한 사람은 무엇을 배우더라도 더 많은 것을 배울 수가 있다. 뛰는 놈 위에 나는 놈 있다고 하지 않던가! 사실, 우리가 알고 있는 것들은 그리 대단한 것이 아니다.

재능 있는 사람이 대단한 일을 하고도 겸손해 한다면 사람들의 존경을 받을 것이다.

모든 사람들이 잠재의식에는 이기고 싶어하는 마음이 있고 스스로 자부심을 갖는 것은 사람의 본성이다. 하지만 지나친 자아 표현과 자랑은 사람들의 미움만 살 뿐이다. 사람들의 마음을 얻기 위해서는 겸손해야 한다.

당신의 목표가 무엇이든 성공하고 싶다면 겸손해라. 성공의 봉우리에 올라서면 겸손함이 얼마나 중요한지 알 수 있을 것이다. 겸손한 사람만이 지혜를 얻을 수 있음을 기억하자.

명언 한마디

한 자의 길이도 짧을 때가 있고 한 치의 길이도 길 때가 있으며
사물이 있어도 부족할 때가 있고 지혜가 있어도 어리석을 때가 있다.

— 굴원(屈原, 중국 전국 시대의 정치가이자 시인으로 《어부사(漁父辭)》를 지었다-옮긴이)

87 | 호랑이를 만난 여우

| 늙은 여우는 쉽게 잡히지 않는다 |

여우 한 마리가 토끼들이 모여 있는 곳에 가서, 호랑이도 자신을 보면 허리를 굽혀 인사할 정도로 자신이 대단하다고 허풍을 떨었다. 그러자 토끼들은 때마침 그곳을 지나던 호랑이에게 여우의 말을 모두 전했다. 여우는 너무 무서운 나머지 토끼들이 호랑이에게 얘기하는 틈을 타 발에 불이 나도록 산속으로 도망쳐 버렸다.

우리 주변에는 자신에게 어떤 능력이 있다고 자랑하고 다니다가 그 실체가 드러나서 망신을 당하는 사람들이 많이 있다.

이런 사람들은 자신을 과장해서 말하기를 좋아해서 없는 것도 꼭 있는 것처럼 말한다. 하지만 우리가 그 상황에 대해서 잘 모를 경우에는 그것이 사실인지 아닌지 선뜻 판단을 내릴 수가 없다.

특별한 능력이 없으면서 기어코 있다고 말하는 사람들이 많은데 그 이유는 의외로 매우 간단하다. 바로 허영심 때문이다. 하지만 결국 들통이 나고 말 텐데 사람들의 비웃음을 사서 좋을 것이 뭐가 있는가.

만약 당신에게도 이런 허영심이 있다면 다른 사람에게 자신을 소개할 때 솔직해져라. 사실을 얘기하는 사람을 조소하는 사람들은 없다. 다른 사람들 앞에서 솔직해질 때 사람들은 비로소 당신을 이해할 수 있고 당신도 자신의 능력을 마음껏 발휘할 수 있다.

명언 한마디

겸허함은 도덕의 기초다.

– 팡샤오루(方孝孺, 중국 명나라의 대학자–옮긴이)

88 세 마리의 물고기

| 어떻게 해야 할지 모를 때는 신에게 기도하라 |

바다에서 헤엄치던 물고기 세 마리가 파도에 모래사장으로 떠내려 왔다. 어떻게 하면 다시 바다 속으로 돌아갈 수 있을까 고민하던 물고기들은 바닷물이 다시 차오를 때까지 기다리기로 했는데 가만히 있자니 앞에 정박 중인 어선에 잡힐 것 같았다. 그러자 첫 번째 물고기는 죽을힘을 다해서 용감하게 어선으로 올라가 그곳에서 뛰어내려 바다 속으로 돌아갔다. 두 번째 물고기도 엉금엉금 기어 다시 바다 속으로 돌아갔다. 하지만 세 번째 물고기는 가만히 있으면 어부들에게 들키지 않을 텐데 괜히 힘을 쓸 필요가 있을까 싶어서 그 자리에 가만히 있었다. 그 결과, 다시 배를 타러 온 어부들에게 들켜 잡히고 말았다.

이 이야기는 위험에 대처하는 서로 다른 태도에 대해서 말하고 있다. 이 세 마리의 물고기가 모래사장으로 떠내려 온 것은 위기 상황이다. 물고기들의 활동 영역은 바다 속이고 그곳이 그들에게 맞는 생존 공간이기 때문이다.

하지만 위험에 대처하는 세 마리 물고기의 태도는 모두 달랐다. 첫 번째와 두 번째 물고기는 자신들이 처한 위기 상황을 충분히 알고 적극적으로 행동했다. 그래야 자신의 생명을 스스로 지킬 수 있기 때문이다. 하지만 세 번째 물고기는 그저 소극적으로 기다리다 결국 불행한 결과를 맞았다. 세 번째 물고기가 취한 방식은 한마디로 기회주의라고 할 수 있다. 이는 스스로 운명을 개척하기보다는 우연한 행운을 바라는 것이다. 하지만 세 번째 물고기의 요행 심리(뜻밖의 행운을 바라는 심리–옮긴이)는 결국 어부들에게 발견되는 결과를 낳고 말았다.

이렇듯 자신의 운명을 스스로 개척하는 것이 요행 심리를 바라거나 다른 사람에게 자신의 운명을 맡기는 것보다 훨씬 낫다.

적극적이고 진취적인 심리는 자신의 운명을 개척하지만 요행을 바라는 소극적인 심리는 결국 타성만 키우게 된다.

명언 한마디

숙명론은 의지력이 약한 사람들이 만들어 낸 핑계다.
– 로맹 롤랑

89 | 내기를 건 부부

| 자신의 부인을 존중하지 않는 사람은 사람들의 존중을 받지 못한다 |

세 개의 빵을 얻은 부부가 있었는데 사이좋게 하나씩 나눠 먹고 나니 하나가 남았다. 그러자 부부는 먼저 움직이지 않는 사람이 남은 빵을 먹기로 내기를 걸었다. 잠시 후, 두 부부는 내기대로 동작을 멈춘 채 꼼짝도 하지 않았다.

이때 부부의 집에 도둑이 들었다. 도둑은 자신을 보고도 부부가 움직이지 않자 마음 놓고 물건을 훔치기 시작했다. 부부는 내기에서 서로 이기려고 집 안이 털리는 광경을 눈만 깜빡이며 지켜보고 있었다. 도둑은 점점 대담해져 남편 앞에서 그의 부인을 놀렸다. 그런데도 남편은 꿈쩍도 하지 않았다.

결국 참지 못한 부인이 벌떡 일어나 몽둥이로 도둑을 쫓아 보냈다. 그러고는 다시 집 안으로 들어왔을 때 남편은 의기양양하게 빵을 먹으며 말했다.

"바보 같은 여편네. 당신이 먼저 움직였으니까 빵은 내 거야."

사실, 부부지간에 내기를 거는 것은 매우 정상적인 일이다.

우리 부부도 카드의 숫자가 많이 나오는 사람이 설거지를 하는 내기를 많이 하는데 어떻게 된 노릇인지 번번이 내가 설거지를 한다. 그럴 때면 부인은 항상 승리자의 태도로 날 놀리고 나 또한 스스로가 우습지만, 그런데도 또다시 내기를 한다. 우리 부부는 이런 방식으로 가족의 단란함과 화목함을 느낀다. 사실, 이런 식으로 부인과의 좋은 감정을 키울 수만 있다면 매일 설거지를 하게 되더라도 나는 기꺼이 하겠다.

부부지간은 마땅히 화목해야 하는데 내기를 하는 것은 부부의 화목함을 다지는 방법 중 하나다. 이는 정서를 조절하고 조화로운 분위기를 내는 데 도움이 된다.

하지만 이야기 속의 부부가 건 내기는 바람직하지 못하다.

물론 이긴 사람이 빵을 먹는 내기에는 문제가 없다. 하지만 남편은 겨우 빵 하나를 먹기 위해서 부인이 모욕을 당하는데도 가만히 있었다. 자신의 부인보다 빵이 더욱 소중하단 말인가? 부인의 입장에서는 이런 남편과 산다는 것이 무척 슬픈 일일 것이다. 자신의 부인보다 빵을 더욱 소중하게 생각하는 남편, 정말 괘씸하지 않은가?

명언 한마디

국왕이건 농부이건 가정이 화목할 때 가장 행복하다.
— 괴테

90 | 국왕이 지주에게 보낸 선물

| 지켜보고 있는 냄비는 더디 끓는다 |

어떤 부지런한 농부가 자신이 키운 호박을 국왕에게 선물했다. 국왕은 크게 기뻐하며 그에게 좋은 말 한 필과 많은 보물들을 하사했다.

이 소식을 전해 들은 지주는 생각했다.

'농부가 호박 하나를 바치고 그렇게 큰 상을 받았다니, 만약 좋은 말 한 마리를 바치면 더 큰 상을 내리시겠군.'

그리하여 그는 좋은 말 한 필을 골라 국왕에게 바쳤다. 그러자 국왕은 매우 기뻐하며 그에게 농부가 바친 호박을 상으로 내렸다.

왜 농부는 호박을 바치고 말과 많은 재물을 얻었는데 지주는 말을 바치고서도 겨우 농부의 호박밖에 얻지 못했을까? 바로 그들의 태도가 확연히 달랐기 때문이다. 농부는 성실하여 대가를 바라지 않았다. 하지만 가식적인 지주는 국왕의 상을 바라고 말을 바쳤다. 성실함은 상을 받고 가식은 손해를 본 것이다.

사람들은 이익을 얻고자 할 때 가식, 속임수, 거짓말 따위의 수단을 사용한다. 심지어는 장사를 할 때 자본만큼이나 필수적인 것이 속임수라고 생각하는 사람도 있다. 이는 한 푼을 더 벌기 위해서 자신의 성실한 품격을 더럽히는 것이나 마찬가지다. 하지만 시간이 지나면 속임수가 결국 실패를 부른다는 사실을 깨닫게 된다. 따라서 장기적으로 봤을 때 이익을 얻는 최고의 책략은 바로 성실이다.

사람들의 존경을 받는 사람들은 모두가 진실하고 성실하다. 고의로 하는 행동은 부정적인 결과를 낳지만, 무심결에 한 행동은 예상 밖의 좋은 결과를 낳는다.

명언 한마디

인류는 유일하게 얼굴이 빨개지는 동물이거나
유일하게 얼굴이 빨개져야만 하는 동물이다.
– 마크 트웨인(Mark Twain, 미국의 소설가로 주요 작품으로는 《톰 소여의 모험》이 있다–옮긴이)

幸福

행복의 신조

당신이 행복해 하는 만큼 행복해진다

행복의 투쟁은 고달픈 상황이더라도
그것을 고통으로 삼지 않고 즐거워하는 것이며
비극이더라도 희극으로 여기는 것이다.

| 체르니셰프스키(Nicholas Chernychevsky, 19세기 러시아의 사상가-옮긴이)

91 | 즐거움의 비결

| 재물을 스스로 만들지 않는 사람에게는 쓸 권리가 없듯이, 행복을 스스로 만들지 않는 사람에게는 누릴 권리가 없다 |

어떤 부자가 돈과 보물들을 한가득 둘러메고는 즐거움을 찾기 위해서 먼 길을 떠났다. 하지만 어느 곳에서도 즐거움을 찾지 못했다.

그러던 어느 날, 차림새가 남루한 농부가 산에서 노래를 부르며 내려오는 것을 보고 부자가 그에게 즐거움의 비결을 물었다. 그러자 농부는 웃으며 대답했다.

"무슨 특별한 비결이 있겠습니까? 그저 등에 짊어지고 있는 짐들을 내려놓으면 됩니다."

그제야 부자는 큰 깨달음을 얻었다. 등에 짊어진 짐 때문에 허리가 휘고 중간에 도둑을 맞을까 봐 맘 편히 길을 걸을 수도 없었는데 어떻게 즐거울 수가 있었겠는가?

만약 부자가 진작 가난한 사람들에게 돈과 보물들을 나눠 줘 등의 무거운 짐을 없앴다면 얼굴에 웃음꽃이 피면서 즐거웠을 것이다. 사실, 즐거움은 결코 우리에게서 멀리 있지 않다. 단지 우리가 즐거움과의 거리를 근본적으로 모를 뿐이다. 즐거워지는 것은 그리 어려운 일이 아니다.

어린 시절에는 우리의 배낭이 텅텅 비어 있어 매우 즐거웠다. 하지만 세월이 흐르는 동안 배낭 속에 무언가를 계속 채워 넣었고 짐이 무거워지자 즐거움이 사라졌다. 물론 배낭 속에는 좋은 물건들도 많겠지만 그것들을 지키기 위해서 신경을 곤두세우다 보면 즐거움은 어느새 사라져 버린다.

간식을 좋아하는 아이들은 금으로 뒤덮인 산과 사탕 한 봉지를 같은 것으로 보기 때문에 쉽게 즐거울 수 있다.

아이들처럼 동물들도 쉽게 즐거움을 느낀다. 스위스 젖소들은 먹이 문제만 해결되면 알프스 산 중턱에 누워 따뜻한 햇살을 받으며 여유롭게 풀을 뜯어 먹는다. 아프리카 초원에 사는 사자들도 배불리 식사를 하고 나면 영양이 지나가도 눈도 깜짝하지 않는다.

그래서 어떤 철학자는 "만약 하루에 세 개의 빵을 먹는다면 네 번째 빵을 얻기 위해서 노력하는 것은 어리석은 짓이다"라고 말하며 스위스 젖소와 아프리카 사자의 생존 철학을 찬양했다.

즐겁지 않은 것은 욕심이 지나쳐 등에 너무 많은 짐들을 지고 있기 때문이다. 무거운 욕망들을 내려놓으면 새로운 발견을 할 수 있을 것이다.

행복하려면 가지고 싶어도 가질 수 없는 물건들이 있어야 한다.

– 루소

92 연주자와 감상자

| 음악은 귀의 눈이다 |

어떤 귀족은 음악을 너무 좋아한 나머지 당대의 이름 있는 연주자를 집으로 초청하여 자신이 음악을 얼마나 좋아하는지 알렸다.

"만약 당신이 밤낮 쉬지 않고 일 년 내내 음악을 연주한다면 내가 금화 천 냥을 주겠소."

그러자 연주자가 되물었다.

"그럼 일 년 내내 쉬지 않고 들으시겠습니까?"

"물론이오. 당신은 내가 음악을 얼마나 좋아하는지 아직도 모르겠소?"

이후 연주자는 매우 즐거운 마음으로 삼 일 밤낮을 쉬지도 않고 혼신을 다해 연주했다. 하지만 귀족은 더 이상 참지 못하고 연주자에게 금화 천 냥을 쥐어 준 뒤에 집으로 돌려보냈다.

이것은 아무리 맛있는 음식이라도 매일 먹기 불가능한 것과 같은 이치다.

사람들에게는 저마다 다양한 취미가 있는데 게임을 좋아하는 사람이 있는가 하면 독서를 좋아하는 사람도 있고 운동, 음악을 좋아하는 사람도 있다. 하지만 취미가 없는 사람은 그만큼 생활이 무미건조하여 일 얘기 외에는 재미있게 대화를 나눌 만한 화제가 별로 없다.

따라서 우리는 건전한 취미 생활을 통하여 적극적이고 건강하고 발전적인 생활 방식을 가져야 한다. 내 경우를 예로 들자면 독서와 여행, 그림 그리기를 취미로 즐기고 있다. 독서를 하면 거물급 인사들의 심오한 사상을 배울 수 있고 여행을 하면 인생의 경험을 더욱 풍부하게 만들 수 있다. 지금 이 책에 소개되는 이야기들도 대부분 여행 중에 들은 이야기를 정리한 것이다.

흔히들 음악은 사람의 인격을 연마시키고 그림은 사람의 심미관을 단련시킨다고 말한다. 음악을 좋아하는 것은 매우 행복한 일인데 선율의 아름다움을 느낄 수가 있기 때문이다. 친구들과 공통된 취미 생활을 즐기면 결속력이 높아진다. 때문에 세상에는 함께 취미 생활을 즐기다가 결혼한 부부들도 많고 그들 대부분은 행복한 결혼 생활을 한다.

이야기 속의 귀족이 음악을 좋아하는 것에는 문제가 없다. 단지 좋아하는 정도가 일정한 한도를 넘어섰다는 것이 문제다. 귀족처럼 삼 일 밤낮을 먹지도 자지도 않고 음악을 들으면 누구라도 견디지 못했을 것이다.

음악을 듣는 데 스트레스가 쌓인다면 이는 감상이 아니라 벌을 받는 것이다. 취미를 즐기는 것은 좋은 일이지만 지나치지 않도록 반드시 정도를 지켜야 한다.

명언 한마디

부지런히 일하는 것만으로는 부족하다.
개미도 열심히 일하지 않는가! 왜 자신이 부지런히 일해야 하는지 알아야 한다.
– 소로(Henry David Thoreau, 미국의 사상가이자 문학가-옮긴이)

93 | 돼지의 먹이를 부러워한 망아지

| 돼지가 죽은 이유는 뚱뚱했기 때문이다 |

돼지를 키우는 농부가 있었다. 그는 늘 돼지에게는 귀리를 먹이고 망아지에게는 풀을 먹였다. 귀리를 먹는 돼지가 너무 부러웠던 망아지들은 엄마에게 달려가 왜 자신들은 귀리를 먹을 수 없냐고 물었다. 그러자 엄마 말이 대답했다.

"크리스마스가 되면 왜 돼지들은 귀리를 먹고 우리는 풀만 먹었는지 알게 될 거야."

시간이 한참 흐른 뒤에 크리스마스가 되자 주인은 돼지를 끓는 솥으로 밀어 넣었다.

사람들은 누구나 자신보다 나은 생활을 하고 있는 사람을 부러워한다. 여유로운 생활을 마다할 사람이 누가 있겠는가? 하지만 아무리 부럽더라도 그것의 본질을 정확하게 파악할 필요가 있다.

크리스마스 아침, 망아지들은 그동안 왜 주인이 돼지에게만 귀리를 먹였는지 이해했을 것이다. 그리고 그 순간, 끓는 솥 안으로 떠밀려지는 돼지를 부러워할 망아지는 단 한 마리도 없을 것이다. 결국 돼지는 귀리와 생명을 맞바꾼 것이 아닌가! 이는 실로 우리가 교훈으로 삼아야 할 내용이다.

우리 주변에는 무엇을 해 주겠다는 미끼로 선량한 사람들을 유혹하는 사람들이 있는데 이는 주인이 돼지가 먹고 싶어서 돼지에게 좋은 먹이를 먹인 것과 마찬가지인 것이다. 따라서 이런 유혹을 받을 때는 반드시 상황을 충분히 인식하여 달콤한 유혹에 넘어가 더 큰 것을 잃는 실수를 해서는 안 된다.

다른 사람을 부러워하는 것은 나쁜 일이 아니지만 맹목적으로 부러워해서는 안 된다는 사실을 꼭 기억하자.

명언 한마디

좋은 물건들은 싸고 나쁜 물건들은 비싼 법이다.
– 소로

94 | 소금을 입에 넣다

| 바보는 경험이라는 학교에 비싼 수업료를 내면서도 아무것도 배우지 못한다 |

소금을 생전 처음 보는 사람이 있었다. 어느 날, 그는 다른 사람이 소금을 넣고 조리한 음식을 먹게 되었는데 그 맛이 일품이었다. 그래서 그는 소금이 맛있는 줄 알고 입 안에 한 줌 털어 넣었다가 기겁을 하고는 모두 뱉어 냈다.

아마 이 이야기를 본 사람들은 모두 '세상에 어쩜 저렇게 어리석은 사람이 있을 수 있을까?' 하고 생각했을 것이다.

하지만 곰곰이 생각해 보면 이는 재미있으면서도 매우 심오한 이야기다.

우리는 이 이야기를 통해서 '바보'는 경험을 한 뒤에야 잘못을 깨닫는다는 사실을 알 수 있다. 그의 논리적인 추리로는 '소금을 뿌린 음식은 맛있으므로 소금은 맛있는 음식이다' 라는 명제가 성립된다. 하지만 여기서 그는 소금이 단지 조미료에 불과하다는 사실을 간과했다. 이렇듯 진지하게 조사하지 않고 머릿속으로만 생각하는데 어떻게 실수를 하지 않을 수 있겠는가.

사실, 그가 소금을 한 움큼 먹기 전에 다른 사람들에게 소금이 무슨 맛이냐고 물어봤다면 이 같은 실수는 하지 않았을 것이다. 하지만 그는 자신의 판단을 너무 믿었던 나머지 다른 사람들에게 의견을 구하지 않아 결국 사람들의 놀림거리가 되고 말았다.

현실에서도 이와 비슷한 상황은 많이 일어난다. 사람들의 인식 능력과 순간적인 집중도에는 한계가 있기 때문에 모든 새로운 사물들을 정확하게 인지할 수가 없다. 한마디로 불가능하다. 하지만 꾸준히 탐구하고 사물에 대한 정보를 많이 조사한다면 그 정확도가 더욱 높아질 것이다.

현대 사회에서는 새로운 사물들이 끊임없이 개발되고 있어 내일은 또 어떤 사물들이 세상에 나올지 모른다. 그렇다고 피해서는 안 된다. 사실, 어떻게 보면 사물을 탐구하는 '바보'의 용기는 높이 살 만하다. 그는 직접 체험함으로써 소금은 자신이 상상했던 아름다운 맛의 식품이 아니라 한낱 조미료에 불과하다는 사실을 알았기 때문이다.

명언 한마디

어느 때이건 절대로 자신이 모든 것을 다 안다고 생각해서는 안 된다.

– 파블로프(Ivan Petrovich Pavlov, 러시아의 생리학자로 조건 반사에 관한 뇌 구조를 연구해서 노벨 생리의학상을 수상했다–옮긴이)

95 | 뼈다귀를 문 개

| 욕심은 눈을 멀게 한다 |

어느 날, 먹성이 굉장히 좋은 개 한 마리가 길을 가다가 뼈다귀를 발견하고는 친구들에게 빼앗길까 봐 입에 물고 잽싸게 도망쳤다.

그런데 강가의 나무다리를 건널 무렵, 갑자기 뼈다귀를 물고 있는 개 한 마리가 물속에 나타났다. 그러자 이 개는 물속에 있는 뼈다귀도 너무 탐이 났다.

'어떻게 해야 저 뼈다귀도 손에 넣지? 그래! 싸워서 내 위용을 보여주면 알아서 뼈다귀를 바치지 않을까?'

결국 이 개는 물속의 개를 향해 멍멍 짖기 시작했다. 하지만 입을 벌리는 순간, 뼈다귀는 그만 강물에 빠지고 말았다.

사람들의 마음에는 각양각색의 욕망들이 숨어 있고 우리는 이런 욕망들의 영향을 받아 행동한다. 하지만 어떤 욕망이든 너무 지나치게 되면 판단력이 흐려져 자신의 행동이 가져올 결과를 생각하지 못한 채 실수를 하고 뒤늦게 후회하게 된다.

이야기 속의 이기적이고 먹성 좋은 개도 탐욕이 지나쳐 원래 먹을 수도 있었던 뼈다귀마저 놓치고 말았다. 바로 탐욕에 눈이 멀어 자신이 멍멍 짖는 순간, 뼈다귀가 강물에 빠질 것이라는 생각을 미처 못했던 것이다.

이와 비슷한 이야기가 또 있다. 어떤 목동은 산에 갔다가 운 좋게 보물이 가득 들어 있는 동굴을 발견했다. 하지만 그렇게 많은 보물들을 본 적이 없었기에 그저 조금만 손에 들고 집으로 돌아와 행복한 나날을 보냈다. 그런데 이 소식은 금세 마을에 퍼져 부자의 귀에까지 들어갔다. 이윽고 부자도 그 동굴을 발견했는데 주머니에 가득 담은 것으로도 모자라 아예 그 산을 통째로 옮기려고 했다. 그러자 갑자기 신선이 나타나 말했다.

"욕심 내지 마라. 그렇지 않으면 날이 저무는 순간, 보물뿐만이 아니라 네 목숨도 잃고 말 것이다!"

하지만 부자는 들은 척도 안 하고 보물을 챙겼다. 그러자 그 순간, 하늘에서 천둥 번개가 치더니 갑자기 동굴 문이 닫혀 버렸다. 물론 부자는 그 동굴에서 영원히 빠져나오지 못했다.

우리도 마찬가지다. 이것저것을 쫓아다니다 보면 결국엔 하나도 갖지 못한다. 욕심이 지나치게 많기 때문이다. 만약 자신이 추구하는 바가 인생을 더욱 아름답게 만들지 못한다면 무슨 의미가 있는가? 자신의 생명을 특별하게 여기는 것이 최고로 현명한 것이다. 성공과 명예를 얻는 것에서 조금 멀어져도 상관없다. 즐거움에 가까워지면 괜찮은 것이다.

일생을 즐겁게 보내는 것은 어떤 재물을 얻는 것보다도 중요하다. 기억하라. 탐욕은 당신의 적이다! 더 많은 것을 얻으려다가는 더 많은 것을 잃어버리는 손해를 볼 수 있다!

명언 한마디

우리는 욕망에 빠지면 그것을 진실이라고 믿는다.

– 초서(Geoffrey Chaucer, 영국의 시인으로 '영문학의 아버지'로 불린다–옮긴이)

96 책과 돈 중에서 어느 것을 갖겠느냐?

| 좋은 책은 친구와 같아 영원히 배신하지 않는다 |

돈과 지식이 풍부한 노인이 죽기 전에 두 아들을 침대 곁으로 불렀다.

"이제 얼마 못 살 것 같구나. 이제 너희도 독립적인 생활을 해야 하니 유산을 물려주겠다. 그래, 갖고 싶은 것이 있느냐?"

그러자 큰 아들이 말했다.

"제겐 재산을 물려주십시오."

작은 아들이 말했다.

"형님이 돈을 가졌으니 그럼 제겐 아버지의 책을 물려주세요."

그리하여 두 아들은 아버지의 재산을 나눠 가졌다.

과연 나중에 그들의 운명은 어떻게 바뀌었을까?

두 아들은 아버지로부터 서로 다른 유산을 물려받았다. 몇십 년 후 이들은 어떤 사람이 되었을까? 보통 사람들이 예상하듯이 큰아들은 모든 재산을 탕진한 채 길거리에서 구걸을 하고 작은 아들은 명성이 자자한 학자가 되었을까?

하지만 결과는 그렇지가 않다. 만약 여러분의 생각대로 이야기의 결말이 난다면 너무 식상하지 않은가?

사실, 큰아들은 유산을 받은 뒤에 상점을 냈는데 경영을 매우 잘하여 수년 후, 나라에서 손꼽히는 거상이 되었다.

하지만 책을 물려받은 아들은 형과는 완전히 다른 길을 걸었다. 그는 밤낮으로 열심히 공부하여 10년 후, 학식이 풍부하고 전문적으로 학문을 연구하는 나라의 인재가 되었다.

사실, 우리는 아버지의 재산을 물려받는 것이 잘못이고, 책을 물려받는 것이 옳다고 단정할 수는 없다. 물론 그 반대의 경우도 마찬가지다. 누군가는 부자가 되고 싶고 누군가는 학자가 되고 싶은 것처럼 사람들마다 추구하는 인생길이 모두 다르기 때문이다. 그리고 그렇기 때문에 이 사회가 발전하는 것이다. 사람은 얼마든지 자신의 가치와 판단에 따라 인생을 선택하고 그 분야에서 발전할 수 있다.

인생은 끊임없는 선택의 연속이다. 사람들은 자신의 상황에 따라서 선택을 내리고 그 선택에 따라 서로 다른 결과를 맞는다. 따라서 선택을 할 때는 반드시 신중해야 한다.

명언 한마디

자신이 옳고 합리적이라고 생각하는 길을 용감하게 걸어라.
– 로맹 롤랑

97 카나리아를 키운 국왕

| 마구를 보면 말의 성격을 알 수가 있다 |

중세 시대의 어느 날, 유럽의 어떤 국왕은 대신들과 야외로 사냥을 나갔다가 숲 속에서 매우 아름다운 소리를 내고 있는 카나리아 한 마리를 발견했다. 국왕은 그 새가 너무 마음에 든 나머지 잡아 오라고 대신들에게 명령을 내렸다.

궁으로 돌아온 후, 국왕은 카나리아를 교회에 놓고 매일 악단을 불러 카나리아에게 연주를 들려주고 맛있는 먹이만 주며 지극 정성으로 돌보았다.

하지만 카나리아는 멍하니 앉아서 더 이상 아름다운 소리도 내지 않고 국왕이 정성껏 준비한 음식도 먹지 않다가 삼 일 뒤에 조용히 죽고 말았다.

국왕이 지극 정성으로 돌보았는데도 카나리아는 왜 죽은 것일까?

만약 우리 자신이 자유도 없이 어딘가에 갇힌 채 매일 맛있는 음식만 먹는다고 생각해 보자. 과연 당신은 그런 생활을 하고 싶은가? 자신의 자유를 물질적인 풍요와 바꾸려고 하는 사람은 분명히 없을 것이다.

국왕이 카나리아를 키우는 데 실패한 가장 큰 이유는 바로 카나리아의 생활 습관을 잘 몰랐기 때문이다. 대자연에서 자유롭게 지내던 카나리아를 교회로 데리고 온 것은 크게 문제가 되지 않지만 결국 이것이 원인이 되어 카나리아는 죽고 말았다.

모든 사물에는 고유의 성질이 있다. 이는 사람도 마찬가지인데 자신의 취미와 생활 습관, 환경이 개인의 본질을 결정한다.

따라서 일을 잘 처리하려면 반드시 사물의 본질 특성에 어긋나지 않게 일을 진행해야 한다. 만약 다른 사람의 시각에서는 한 번도 생각해 보지 않고 자신의 입장만 고집한다면 일을 그르치고 말 것이다.

만약 열대 지방 사람들을 북극으로 보내면 과연 그들이 매서운 추위에 잘 적응할 수 있을까? 물이 풍족한 지역에 살던 사람을 사막 한가운데로 보내면 잘 적응할 수 있을까? 당연히 그렇지 못할 것이다.

물론, 인류는 자아조절 능력이 뛰어나서 그때그때의 생활환경에 잘 적응한다. 또 그에 맞게 환경을 개선한다.

이처럼 사물의 본성에 어긋나지 않게 일을 하는 동시에 환경에 대한 적응력을 높여야 치열한 경쟁 사회에서 살아남을 수가 있다.

명언 한마디

말을 물가로 데려갈 수는 있지만 물을 마시게 할 수는 없다.

– 헤이우드

98 두 그루 나무의 서로 다른 운명

농부가 땅에 두 개의 씨앗을 심었는데 곧 싹이 트고 묘목으로 자라났다. 농부는 첫 번째 나무를 하늘 높이 자랄 때까지 키우기로 했다. 그래서 하늘 높이 쭉쭉 자라도록 매일같이 거름을 주었다. 하지만 그런 노력에도 불구하고 그 나무가 첫해에 열매를 맺지 못하자 농부는 크게 실망했다. 반면에 땅속에서 필사적으로 스스로 영양분을 모은 두 번째 나무는 일찍 꽃을 피우고 열매를 맺었다. 그러자 농부는 매우 기뻐하며 두 번째 나무를 정성껏 돌보기 시작했다.

어느덧 첫해에 꽃을 피우지 않았던 나무가 무성하게 자라 크고 단 열매를 맺을 만큼의 시간이 흘렀다. 하지만 두 번째 나무는 전년도에 너무 일찍 꽃을 피우고 열매를 맺는 바람에 이듬해에는 작고 쓴 열매들만 맺었고 나무 허리마저도 휘고 말았다. 결국 농부는 아쉬운 듯 한숨을 쉬며 그 나무를 잘라 땔감으로 썼다.

서두르면 일을 그르친다는 진리를 여실히 보여 주는 이야기다. 따라서 우리는 장기적인 관점에서 지식을 쌓고 박식해지기를 기다려야 한다. 그러면 물이 모여 강물을 이루듯 언젠가는 현명해져 있을 것이다.

영어 공부를 예로 들어 보자. 영어를 공부하는 사람들이라면 모두 빠른 시일 내에 영어를 정복하고 싶을 것이다. 하지만 공부에는 단계가 있기 때문에 성실하게 노력해야만 향상된 영어 실력을 가질 수 있다. 영어 실력은 절대로 몇 개월 안에 늘지 않는다. 하지만 많은 사람들은 이런 사실을 무시한 채 기본 실력을 제대로 다지지 않고 영어 실력이 빨리 늘기만 바라다가 결국 번번이 실패한다.

그렇다면 쉽게 성공하는 사람들에게는 어떤 비법이라도 있는 것일까? 그들은 어떻게 성공했을까? 그들의 성공 비법은 바로 착실하게 공부하는 것이다. 학생이라면 반드시 이런 학습 태도가 있어야 하는데 기초 단계에서부터 단계적으로 올라가면서 꾸준히 공부해야 한다.

일부 재능과 지혜를 타고난 사람들은 자신들의 능력을 과신하고 일에 매진하지 않다가 결국 실패하기도 한다. 하지만 그렇지 못한 사람들은 자신의 부족함을 알기 때문에 서둘러 성공하려고 욕심 내지 않고 서서히 준비하여 결국에는 큰 성공을 거둔다. 역사상 얼마나 많은 사람들이 자신의 재능과 두뇌를 믿었다가 실패하고 말았던가! 그들은 똑똑하고 많이 알지만 어떤 것에 정통하지는 못하여 결국 아무 일도 이루지 못하고 실패하고 말았다. 이는 너무 똑똑한 나머지 한 번 보면 모두 이해하여 더 이상 노력하지 않았기 때문이다. 다시 말하면 인재가 아니라서가 아니라 열심히 노력하지 않았기에 성공하지 못한 것이다. 만약 그들이 열심히 노력했다면 틀림없이 주목할 만한 성과를 이뤘을 것이다.

공부를 할 때는 머리로는 끊임없이 생각하되 엉덩이는 진득하게 의자에 붙여 놓아야 한다. 또한 겸허하게 학식이 풍부한 선배들에게 가르침을 구해야 한다. 급하게 일을 완성시키려고 하면 절대로 원하는 결과를 얻을 수 없다. 오직 성실히 노력해야만 최후에 성공을 거둘 수 있다.

명언 한마디

학문의 길에 지름길은 없다.

– 앤터니 트롤럽(Anthony Trollope, 영국의 소설가-옮긴이)

99 항아리에 들어간 닭

| 우물을 파도 한 우물을 파라 |

어떤 농부는 가을에 수확한 곡식을 항아리에 모두 담아 놓았다. 그런데 그가 기르는 닭이 항아리에 목을 넣고 곡식을 쪼아 먹다가 머리를 빼지 못해 애를 먹었다. 마음이 급해진 농부는 엉겁결에 그 마을에서 나이가 가장 많은 어르신을 모시고 왔다. 그 어른은 상황이 무척 웃겨 보이자 농담을 던졌다.

"닭 목이 안 빠진다고? 그럼 베어 버리면 될 거 아닌가."

그러자 농부는 곰곰이 생각해 보지도 않고 어르신이 말한 대로 했는데 그 결과 닭도 죽고 항아리도 깨져 버리고 말았다.

농부는 두 가지 선택의 갈림길에 서 있었다. 하나는 닭이 다치지 않도록 항아리를 깨는 것이고 다른 하나는 항아리를 보호하기 위해서 닭을 죽이는 것이었다. 이렇듯 두 가지를 모두 완전하게 보존할 수 없는 상황이라면 반드시 어느 한 가지를 포기해야 한다. 하지만 농부는 두 가지를 모두 지키려고 하다가 결국 둘 다 놓치고 말았다.

아마 당신에게도 전부 다 가지려고 했다가 결국 아무것도 가지지 못한 경험이 있을 것이다. 이와 비슷한 이야기는 또 있는데 어떤 원숭이가 옥수수 밭에 가서 옥수수를 땄다. 하지만 고개를 조금 더 들어 보니 건너편의 옥수수들이 더 컸다. 그래서 원숭이는 손에 들고 있던 옥수수들을 버리고 다시 건너편 밭으로 건너갔다. 이런 식으로 계속해서 더 큰 옥수수들을 따러 다니다 보니 결국에는 아무것도 가지지 못했다.

두 가지 모두를 가질 수 없다면 그중에 한 가지는 버리고 나머지 하나만이라도 가져야 한다. 물론 두 가지를 모두 욕심내는 것이 나쁘지는 않지만 조건이 여의치 않을 때는 반드시 어느 것이 더 필요한지 따져봐야 한다.

기억하라! 두 가지를 모두 선택할 수 없는 때는 더욱 중요한 것을 선택해야 한다.

명언 한마디

사람은 한 번에 한 가지씩 원해야 한다. 그래야 그것을 얻을 가능성이 있다.
하지만 모든 것을 다 가지려고 하면 결국에는 아무것도 가질 수가 없다.
매번 느끼는 일이지만 원하던 것을 쉽사리 손에 넣을 수 있으면
우리는 어느새 또 다른 것을 갖고 싶어하는데 그때는 이미 늦는다.
– 앤드류 매튜스(Andrew Matthews, 작가이자 만화예술가, 대중연설가–옮긴이)

100 요술 병

| 거만함에는 반드시 대가가 따른다 |

늘 하느님께 기도드리는 농부가 있었다. 그러자 하느님은 그가 절망적인 상태에 빠져 있다고 생각하여 소원을 말하면 무엇이든 들어주는 요술 병을 그에게 주었다. 농부는 반신반의하며 병에 대고 소원을 빌었는데 과연 모든 것이 말하는 대로 이루어졌다. 그러자 이 소식을 전해 들은 친척들이 모두 구경을 왔고 농부는 그들 앞에서 차례로 시범을 보였다. 그는 스스로 너무 흥분한 나머지 끊임없이 사람들에게 자신이 성실하여 하느님이 상으로 요술 병을 주었다고 자랑하고 다녔다. 하지만 일순간 그가 조심하지 않는 바람에 요술 병은 땅에 떨어져 깨지고 말았다.

사람은 자신이 어려웠던 시절을 잊으면 곧 불행을 맞는데 농부의 이야기가 그렇다.

사실, 우리 주변에는 농부와 같은 사람들이 매우 많다. 예컨대, 크리스마스 파티에 참석한 사람 중 한 명이 담배를 피우다가 부주의하여 집을 몽땅 태워 버리기도 한다. 또한 이제 곧 어떤 일이 완성되어 기뻐하려던 찰나에 갑자기 아무도 예상치 못했던 일이 벌어져 흥이 깨지기도 한다.

따라서 성공한 때일수록 어떤 위기가 있을 수 있다는 사실을 결코 간과해서는 안 된다.

명언 한마디

오만해서는 안 되고 욕망이 지나쳐도 안 되며
즐거움에도 한도가 있어야 하고 의지가 너무 강해도 안 된다.
– 웨이쯔(魏徵, 중국 당나라 초기의 정치가–옮긴이)

시대가 발전하고 사회도 나날이 다원화되면서 오늘날에는 서로 다른 가치관들이 끊임없이 충돌하고 있다. 또한 경제 발전이 급속히 이루어지면서 사회가 미래의 꿈나무인 청소년들에게 요구하는 사항도 점차 많아지고 있다.

그래서 나는 청소년들의 건강한 성장을 돕고 이들이 학교를 졸업한 뒤에 사회에 잘 적응할 수 있도록 《학교에서 배울 수 없는 100가지 인생 수업》을 집필했다. 이 책에는 가장 간단하면서도 직접적인 방식으로 인생의 100가지 신조가 소개되어 있다.

개중에는 많이 들어 보았거나 식상하게 느껴지는 이야기도 있을 것이다. 하지만 작은 이야기 속에 있는 큰 진리와 오래된 이야기 속에 있는 새로운 진리에는 인생의 지혜와 경험이 고스란히 녹아 있다. 이는 청소년들이 평생 잊지 말아야 할 신념과 보물들이다.

어른들의 경험, 교훈, 지혜가 바로 눈앞에 있는데 왜 스스로 넘어지는 대가를 치르면서 그 깨달음들을 얻으려고 하는가? 읽으면 읽을수록 새로운 깨달음을 얻는 책이 되길 바란다.

학교에서는 가르쳐 주지 않는
10대들을 위한
인생수업

초판 1쇄 찍은 날 2007년 12월 3일
초판 1쇄 펴낸 날 2007년 12월 10일
지 은 이 | 이 빙
옮 긴 이 | 김락준
펴 낸 이 | 서경석
편 집 장 | 오태철
책임편집 | 정은경 · 김동화
펴 낸 곳 | 도서출판 청어람
등록번호 | 제1081-1-89호
등록일자 | 1999. 5. 31
어람번호 | 제 3-0048호
주소 | 경기도 부천시 원미구 심곡1동 350-1 남성B/D 3F (우) 420-011
전화 | 032-656-4452 **팩스** | 032-656-4453
http://www.chungeoram.com
E-mail | eoram99@chollian.net

값 9,800원

ISBN 978-89-251-1045-5 04820